昭和前期、海馬島第二尋常小学校で撮影されたと思われる記念写真

海馬島の子どもたち

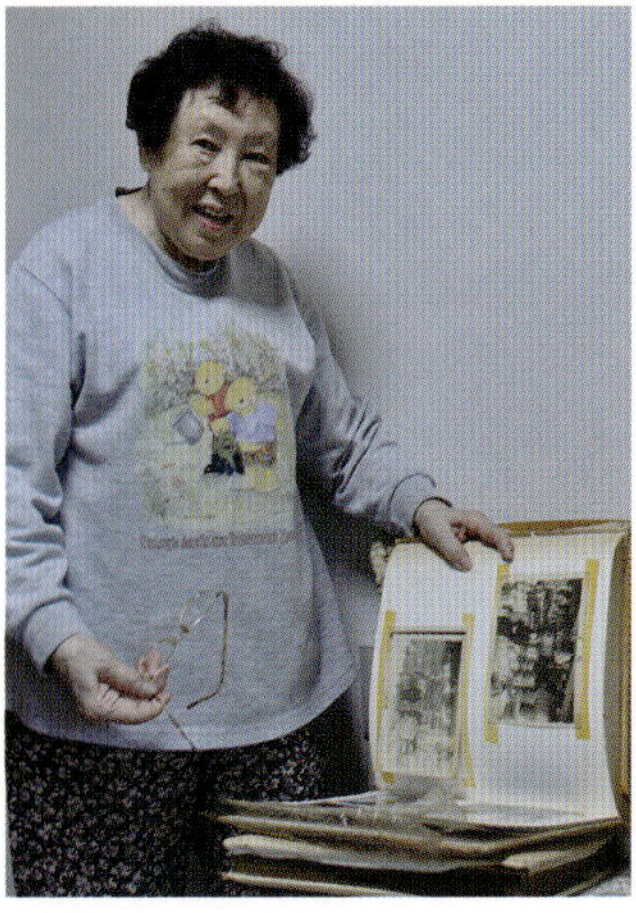

昔を語る元島民の人々

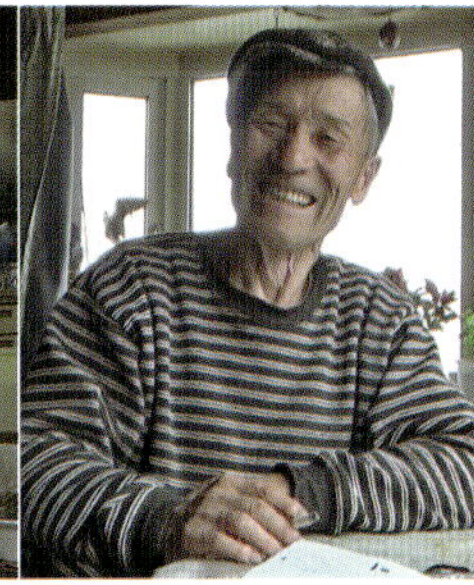

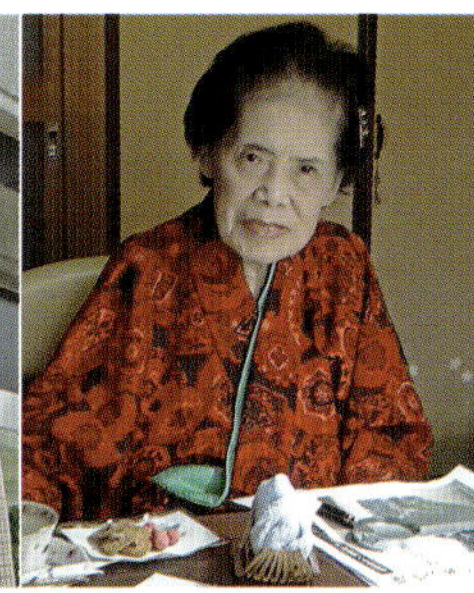

愛らんど

忘れ得ぬ風景

上——魚釣り　下——夕陽がしずむ西浜
画：福原 実さん

上 —— 大野湾　下 —— 泊皿集落の辻
画:若松 吉雄さん

昭和20年秋、海馬島を脱出。深夜、山道を歩く。
海は遠い。小さな弟は泣く。

脱出・恐怖の夜

文・画：三引 良一さん

真っ黒なゾウのような物体。軍艦のような大きな漁船にて脱出。

日本だ！ 日本だ！ 北海道だ！ 稚内だ！ 日本国の日の丸だ！

現在の海馬島

上――岩礁の上に乗っていたトドの群れ　下――南古丹の森

海馬島脱出

子どもたちの敗戦記

永井 豪

まつお出版

樺太《からふと》（サハリン）略図

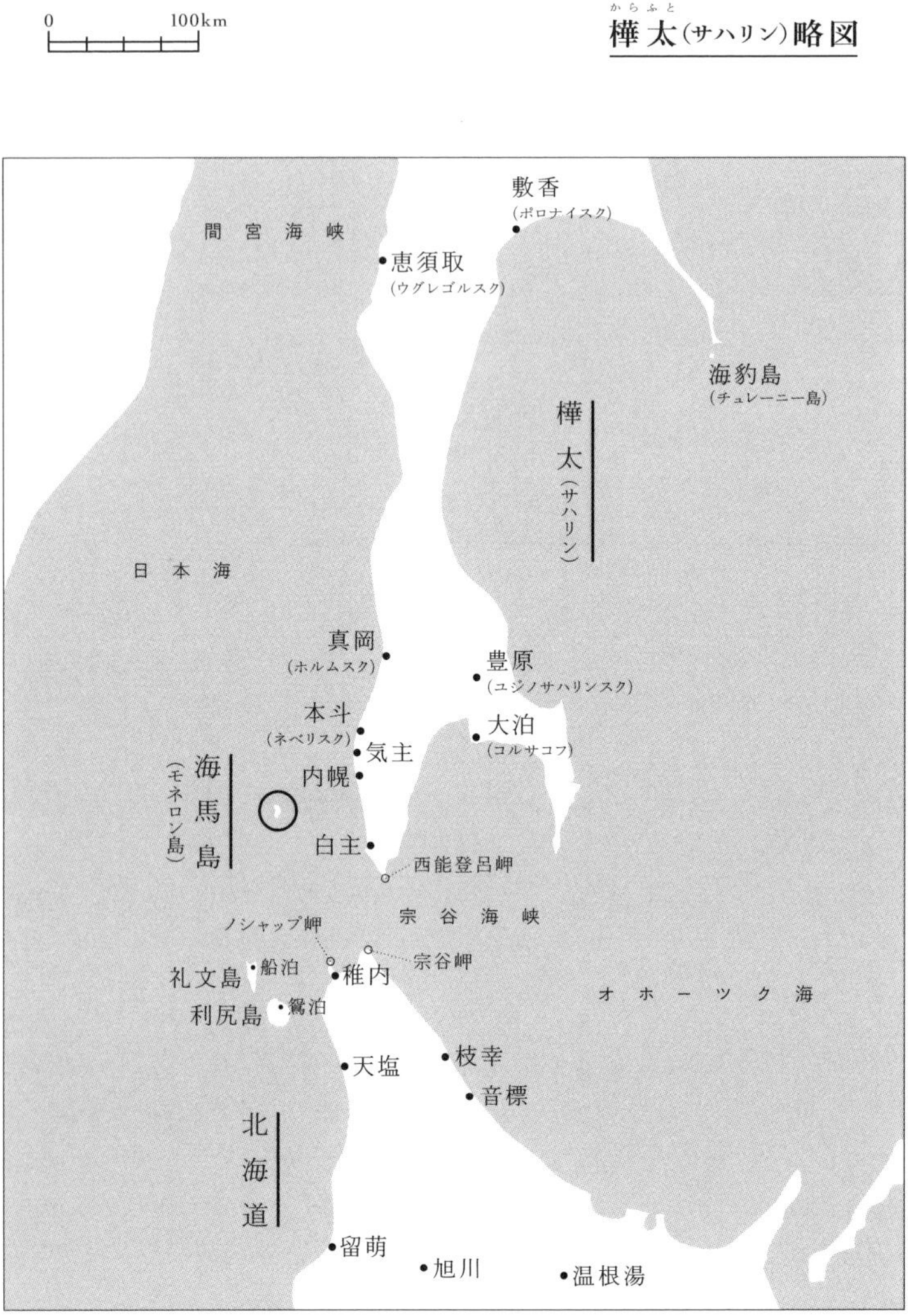

0　1km

海馬島《かいばとう》(モネロン島)略図

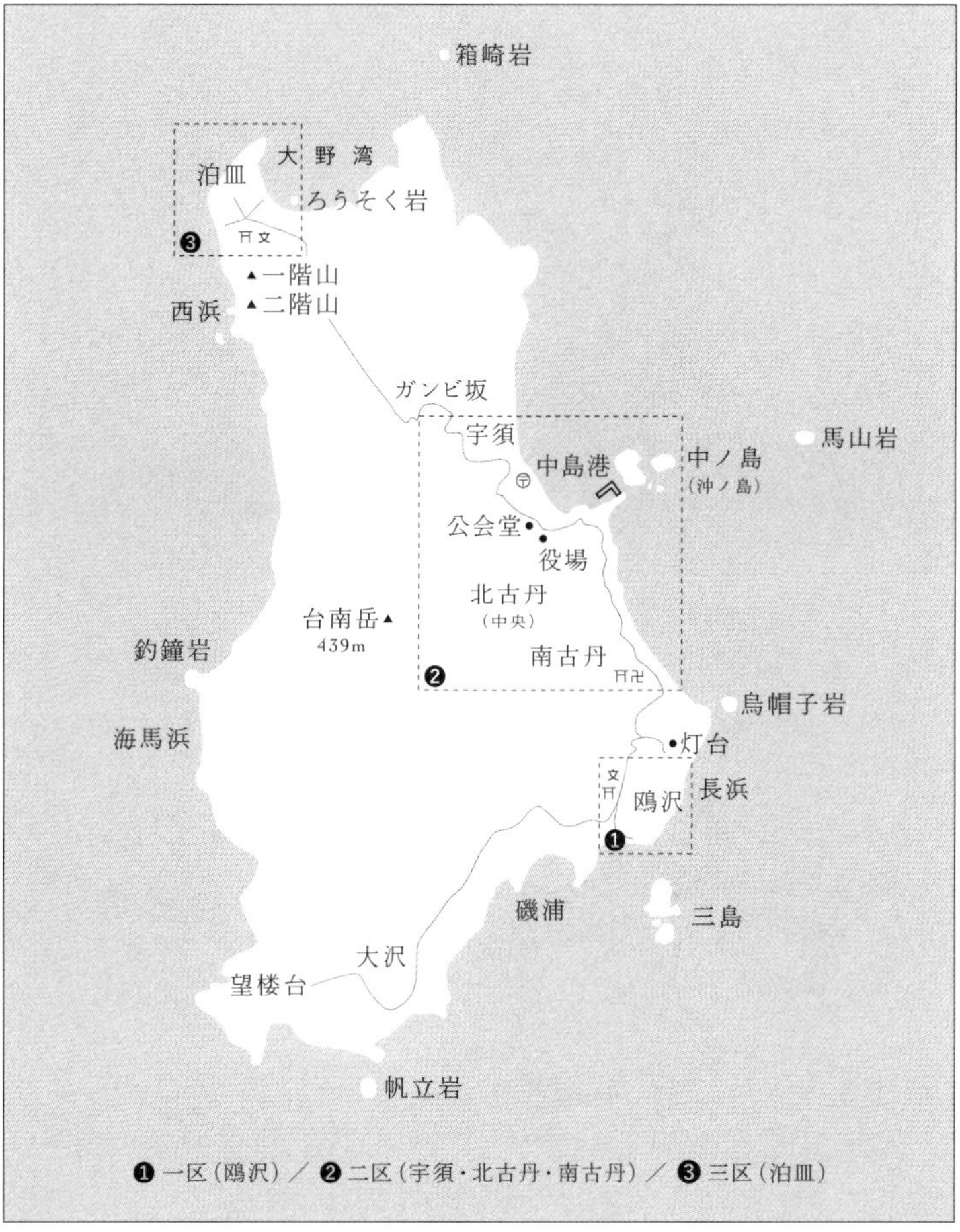

海馬島（五万分一地形図）

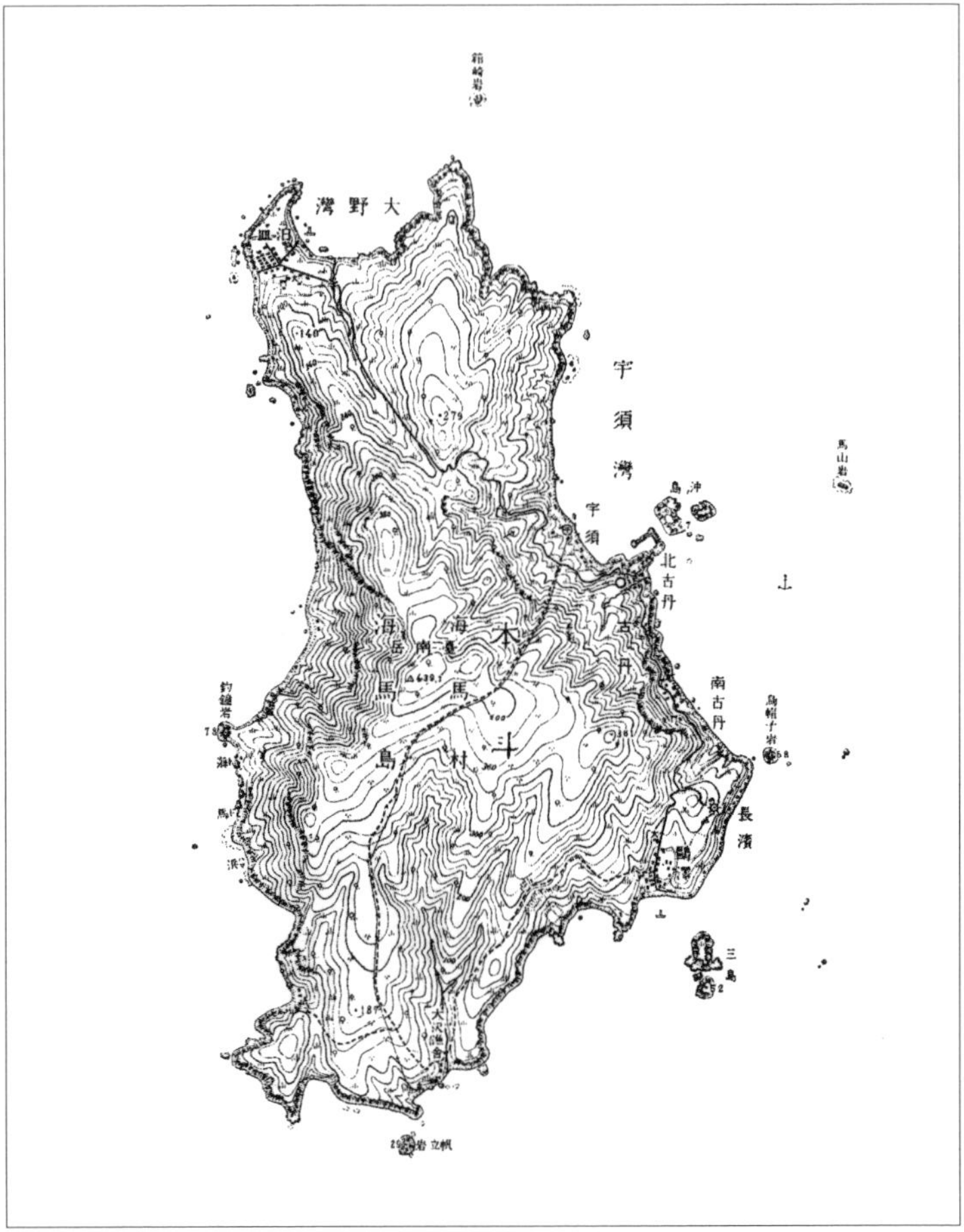

目次

はじめに　11

序章　失われた島　15

日本海に浮かぶ離島／アイヌが伝える「神の島」／日本領有時代の平穏／ソ連軍侵攻で全島脱出

第1章　ある引き揚げ――高橋フサ子　35

愛媛山中から樺太へ一家で移住／気主は海と山の村／景色に惚れた／豊かな海の幸、陸の幸／海馬島の四季／ロシアの軍艦が来た／遺体浮かぶ海を渡って

第2章　宝の島の子どもたち――一区（鴎沢）　57

眺めは最高、住みやすかった　成田 秀男　58
戦後になって聞いた話なんだが　吉田 礼三　64
在郷軍人が子どもを訓練　木村 豊美　65
みんなで玉砕すると爆弾造り　木村 健司　70
泡を食って逃げてきたんだ　佐藤 和夫　74
タラやソイが釣れ、懐かしい　加路 静雄　75
父母は水産加工場をやっていた　吉田 萬喜子　77
祖父に海馬島の話をよく聞いた　山﨑 照弥　78
景色のいいところだった　山﨑 美好　80
樺太引き揚げ者に尽くす　佐藤 喜市郎の妻・みよ　82

第3章　港があった村の中心部――二区（南古丹・北古丹）　85

話したいことがいっぱいあるんだ　前田 直　86
みんなで自決しようと壕へ　木村 はるみ　88

そうは覚えていないんだ　山岸 芳美　96
陸に上がってもめまい　今野 邦　99
懐かしいけど行く気はしないね　嶋田 富士子　101
お茶碗を放り出しタコを獲りに　小甲 フミ　105

第4章 取り残された集落——三区（泊皿）　109

トドシマゲンゲを見に行った　若松 慶子　110
怖かったことしか覚えていない　若松 司　120
隠された娘さんたち　村上 かよ　121
真っ黒な空、恐怖の海　三引 良一　125
朝日、夕日がきれいだった　松岡 達子　131
遺された二十二枚の絵と日記　福原 実　132

第5章 故郷を遠く離れて　141

『五色の虹よ』を出版　箕浦 ヒナ子　142
ふるさとはありがたきかな　清水 洋紅　148
「喜びも悲しみも幾歳月」の家族　西原 澪子　156
自家製練りウニのおいしかったこと　佐藤 芳雄　166

終章　そして誰もいなくなった　173

村の歴史が消えて行く前に／歌声が響く、のどかな漁村／「終戦」後、生死の淵に立つ／密航監視所となった海馬島／実態と食い違う公的記録／九月に集中した密航脱出／失われた豊かさに気づく

おわりに　199

主な参考文献　208
関連略年表　213
写真・図版提供者・協力者一覧　214

＊第2、3、4章の扉の略図は『海馬島会二十五周年記念誌』を基にし、今回取材した元島民の証言も参考に作成したもの

＊本文中敬称略

はじめに

樺太《からふと》は北海道の北、シベリアの東海岸に位置する南北に細長い島、サハリン島の日本語名。近世は北蝦夷《えぞ》と呼ばれ、アイヌやウィルタ（オロッコ）、ニブフ（ギリヤーク）など北方少数民族が住んでいた。江戸幕府はアイヌが住む樺太を領地としていた。近代になって国家同士のつばぜり合いが始まり、一八七五（明治八）年、樺太千島《ちしま》交換条約でロシア帝国領に編入されたが、一九〇五年、日露戦争後のポーツマス条約で日本が南半分、北緯50度以南（南樺太）を領有することとなった。

樺太庁の管轄下で、漁業や農林業、製紙、鉱業を主産業として四十万人余の暮らしがあったが、太平洋戦争末期にソ連（当時、ロシア）が侵攻、占領した。

一九五一（昭和二十六）年、第二次世界大戦後のサンフランシスコ平和条約で、日本は千島列島とともに南樺太の領有権を放棄した。ソ連は、この条約に加わっていないことから、国際法上では南樺太は未帰属のままだが、樺太全島はロシアがサハリン州として実効支配し、日本政府も二〇〇一（平成十三）年から州都ユジノサハリンスク（豊原）に総領事館を置いている。

ここに取り上げるのは、日本領時代の樺太で唯一、人が居住した離島、海馬島《かいばとう》にあった、樺太本斗《ほんと》郡海馬村《かいばむら》という小さな村の、名もなき人たちの敗戦史である。

海馬島は、樺太西海岸のはるか沖にある、周囲二〇キロほどの小さな島。もともとアイヌが聖地と崇めて大切に守ってきたが、日露戦争を機に北海道や東北、北陸などから多くの漁家が移住した。ニシンの好漁場で、大正期には戸数も当初の五十軒から百数十軒に増え、人口も一時は千二百人ほどまで膨らんだ。

昭和になってニシン景気が衰退しても、豊かな漁業資源を糧に、七〜八百人規模の漁村として存続した。恵み豊かな「宝の島」で生まれ育った子どもたちはいま思えば夢のような日々を過ごしたが、戦争が始まると島の生活は一変した。

一九四五年八月の終戦間際、ソ連が突然、南樺太に侵攻、激しい地上戦が始まり、海馬島にも上陸する段となって、島はパニック状態に陥ったが、この年の冬が来る前にほぼ全島民が自力で宗谷海峡を越え、北海道に密航脱出した。

命からがら、着の身着のまま、家族もばらばらで、異郷の地に命をつなぎ、艱難辛苦《かんなんしんく》に耐え、新たな一家を成した子どもたちだが、年老いて、気が付けば戦後も七十年という長い歳月が過ぎていた。

親きょうだいも知人も友人も次々と先立ち、命あるものも健康を損なったり、記憶が薄らいでいく。それでも脳裏に浮かぶのは、平和で、花いっぱいで、鳥や魚たちが群れ遊ぶ懐かしき故郷の情景だ。

もはや異国統治下の無人島となった海馬島に里帰りはならずとも、「宝の島」の思い出こそ、生きた証。子ども心に刻まれた「消えない記憶」の中に、戦争で消えた小さな村の生き生きとした歴史があった。

本書は、序章で海馬島の概況を述べ、第一章で端緒となった岐阜在住の女性の回顧談、第二〜五章で海馬島出身者や関係者の証言を報告。終章でかろうじて残された記録や資料もあわせて見えてきた海馬島の敗戦史を推量し、考察した。

序章　失われた島

日本海に浮かぶ離島

樺太《からふと》は、アジア北東部、北海道の北に宗谷《そうや》海峡を隔てて位置する。南北約九五〇キロ、東西の最大幅約一五〇キロの南北に細長く延びる島だ。宗谷岬と樺太最南端の西能登呂《にしのとろ》岬とは約四三キロ離れているが、アジア大陸とはわずか約八キロの間宮《まみや》海峡を隔てて壁のように横たわる。

戦後は「サハリン」と呼ばれるが、江戸後期に来日したドイツ人の博物学者シーボルトは著書『日本』でヨーロッパに、間宮海峡を航行して樺太が大陸の半島ではなく島であることを一八〇九(文化六)年にいち早く確認した間宮林蔵の『東韃《とうたつ》紀行』を紹介し、「カラフトこそ正しい呼称」だと伝えた。カラフトの語源は諸説あるが、現在ではアイヌの国造り伝説に基づくアイヌ語とする説が有力で、本書では「樺太」と表記する。

海馬島《かいばとう》は、樺太の西の日本海に浮かぶ孤島。現在はモネロン島と呼ばれ、定住者がいない無人島だが、日本が領有した四十年の間には海馬村《かいばむら》という一つの村があった。

樺太西海岸の内幌《ないほろ》町から南西約五五キロ、北海道礼文《れぶん》島から北約八五キロ、稚内市ノシャップ岬から北西約九〇キロの洋上にあり、良く晴れた日には内幌町や、その約一五キロ北の本斗《ほんと》町、

川の河口は滝

それに礼文島、稚内市からも洋上に浮かぶ姿が遠望できる。南北約七キロ、東西約四キロ、面積は約三〇平方キロで、礼文島の半分もない。

島の平均標高は一三〇メートルと高岳状で、平原は乏しいが唯一、北西部の泊皿《とまりざら》には一・八ヘクタール余の平坦地がある。台南岳《たいなんだけ》（標高四三九メートル）を最高峰に、三〇〇メートル以上の高峰が島の中央に屹立《きつりつ》し、海上からもよく見える落差数十メートルの旭滝など二条の大滝をはじめとする大小の滝や峡谷、渓流がある。

海岸線は断崖絶壁が優先して浜は少なく入り江も無いが、海蝕による三島《さんしま》、中ノ島（沖ノ島）などの小島や烏帽子《えぼし》岩、釣鐘岩、ろうそく岩といった奇岩怪石が周囲を取り巻くなど自然景観は変化に富む。海馬島東海岸の北古丹にある中島港から定期航路で樺太本島の本斗と結ばれていたが、海がシケの時などは、樺太西海岸航路で唯一の避難場所となった。

樺太本島はアムール川河口対岸にあって日本海とオホーツク海とを隔てる壁のようであり、また、大陸から日本列島への北の導入路にもみえるが、海馬島はその中継点にある。日本海南部では対馬《つしま》・壱岐《いき》が朝鮮半島との架け橋となり東シナ海と日本海を切り分けているが、海馬島は、その対馬海峡から日本海を北上する暖流（対馬海流）に抱かれ、典型的な海洋性気候。年平均気温は約5度と、氷点下が当たり前の樺太のどこより温暖な気候に恵まれ、夏は南国さながらの海で、本斗とともに冬も港は氷結しない。その分、海馬島の雪は多く、十一月になると雪が舞い始め、十二月後半には雪国となる。

春は寒くて長く、五月でも氷点下の日があり、六月でも雪が残る年がある。風は年中強いが、冬は北風か北西の風。夏は南風か南西の風。春は濃霧、夏も雨が多く、秋は晴天が多い。夏季は、この島ならではのトドシマゲンゲやシュミットソウをはじめとする高山植物群落が色とりどりの花を咲かせる。

森林が少ないのは人手が入って原生が姿を変えてきたからだろうが、島の大部分はダケカンバ林やミヤマハンノキの低木群落と草原。局所にトドマツ、エゾマツなどの明治後期の植林の名残とみられる大径木が残る。亜寒帯の樺太では異例の暖地性の山桑があり、養蚕を自家用に行っていた家もあったようだ。人の背丈よりも高くなるエゾニュウやフキ、オニシモツケなどの高茎草本は特徴的といえる。四百八十種ともいわれる豊かな植物相が、火山島の複雑な地形と一体となって海馬島特有のすぐれた自然景観を形成している。

トドやアザラシなどの大型海獣が群生し、ウトウ(善知鳥、ケントウガモ)やオロロン鳥(ウミガラス)など海鳥がコロニーを作り、タンチョウやクロツグミなど渡り鳥の中継地でもある。日本領有時代には樺太庁博物館などが繰り返し調査に訪れ、報告書をまとめている。

一九九七(平成九)年、ロシア初の「海洋公園」としてサハリン州が管理することになり、保護の手が差し伸べられている。ロシアの研究者による研究報告は盛んになされているようだ。

アイヌが伝える「神の島」

海馬島における人の歴史がいつ始まったか定かでないが、石器時代、トドの骨で造った銛《もり》が島の東部で出土している。樺太が「からとの嶋」として描かれた江戸初期の一六四四

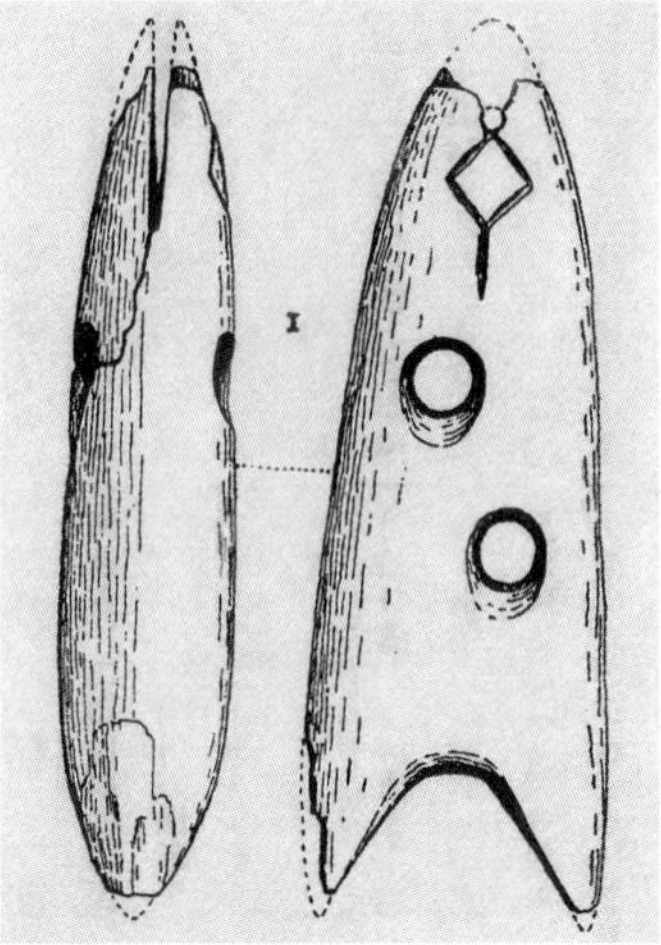
トドの骨製の銛（もり）

（正保元）年の『正保国絵図』に、海馬島は「イショコタン」の名ですでに記録されている。
　一七八五（天明五）年とその翌年に幕命で北《きた》蝦夷《えぞ》を探検した最上徳内らは「ナヤシ（南名好）の沿岸七里沖にトド島あり」などと書き留めた。その後、十九世紀にまたがるころの日本の古図には「トドモシリ（モシリはアイヌ語で島の意）」の名で記されている。
　一方、フランス軍人のラペルーズは、ルイ十六世治世下の一七八五年から新たな入植地探検のために遠征航海し、一七八七年八月三日に樺太西海岸を航行中に海馬島を発見し、遠征に参加した主席技師の名をとって「モネロン島」と命名した。その後、宗谷海峡を通ってオホーツク海に出たことから宗谷海峡は「ラペルーズ海峡」と呼ばれることになるのだが、モネロン島という海馬島の現在の呼称もこのときの航海に由来する。
　樺太に先住した樺太アイヌの伝説では、樺太西海岸の沖で海鳥が肉塊をくわえて飛んできたことから海の彼方のこの島を発見したという。島は「トドモシリ」、すなわち海馬島《とどしま》と呼ばれ、西海岸に住むアイヌの人たちは夏季、島に渡って群れなすトドを獲り、食料や日用品として活用する一方、いつまでもトドの恵みを受けられるよう、猟のしきたりや作法を厳しく定め、「神の島」として大切に守り伝えて来たという。

海馬島におけるアイヌの人たちの足跡は、間宮林蔵とともに樺太の奥地探検に赴いた幕吏松田伝十郎の著書『北夷談』などにもうかがえるが、幕末の一八六〇（万延元）年、伊勢松阪出身の探検家、松浦武四郎が描いた「実験北蝦夷／山川地理取調図」のトドシマには二十三ものアイヌ語地名が書き込まれている。

武四郎は蝦夷地を「北海道」と「樺太」に分け、特に北海道の名付け親として名をはせたが、近年はアイヌの人たちの心情に寄り添い、アイヌ民族との共生を目指したという側面から再評価されている。当時の地図に丁寧に記録されたアイヌ語地名にもいつか研究のメスが入り、海馬島の日本領有以前の様子を知る手掛かりになることが期待されている。

明治中期、海馬島に三十戸のアイヌ集落があったというが、夏季の仮小屋なのか、それとも定住していたのかは定かでない。トドという限りある資源を守るために、猟ができる集落順を定め、捕獲数を厳しく制限し、猟をするときの道具やしきたり、言葉遣いまで厳しく定めていたようだが、いつかその禁を破ったために天変地異が起き、人が住めなくなったというアイヌの言い伝えがある。断崖絶壁が多い島の地形、さらに海馬島周辺で繰り返し地震が起きていることなども考え合わせると、大地震などの災害を機に無人島状態になった可能性もあり得る。

しかし、定住者がいなくとも、海馬島は樺太と宗谷を結ぶ密貿易の基地として重要な役割を担い、年間を通じて相当数の船舶がこの島まで往来したようだ。

ともあれ、日露戦争が大きな契機となって、北海道・留萌《るもい》の実業家・五十嵐《いがらし》億太郎と礼文島の志田力二《しだりきじ》の二大勢力が競って海馬島に進出。これら日本人集団と樺太西海岸のノトロ灯台から食料欠乏で引き揚げる途中、海馬島に立ち寄ったロシアの看守兵の一団が衝突し、双方合わせ

大正期、海馬浜でトドを捕獲したアイヌ

て三人の犠牲者を出すという、日露戦争裏面史ともいえる海馬島事件（一九〇五）年が起きた。日本領有後はニシン漁の基地として北海道、東北などから移住者が相次いで人口は膨らみ、島にトド狩りに来ていたアイヌの人たちも次第に漁業者の雇われとなったようだ。

日本領有時代の平穏

日本海を一望する海馬島西南端の高台に日露戦争時、海軍が望楼を設置し、敵艦の行動を監視した。海馬島事件の際、志田の報告を受けて利尻島から直行した第四艦隊は海馬島に上陸して、最高地点に日章旗を建て、旗艦の巡洋艦台南《たいなん》丸にちなんで台南岳と命名した。日本領としての海馬島の歴史はこれに端を発する。

その後、一躍、ニシン漁の基地となり、一九二〇（大正九）年、海馬島第二尋常小学校の櫻井愛人校長が『教育画報』に寄せた「海馬島雑録」によると二カ所の専業漁場と二十二の建網で年産額約八十万円を収穫したという。一円が今の一万円ほどの価値があった時代、これほどの大金を稼ぎだしてくれる海馬島は「蓬萊島」とか「宝の島」とか呼ばれた。

「正保国絵図」にある「イショコタン（豊穣の村）」という地名は、海の彼方の楽土から毎年、神が訪れて豊穣をもたらすという、沖縄や奄美地方に伝わる「にらいかない」を想起させるが、その後はトド島、あるいはトドモシリと呼称され、明治初期以降、海馬島と呼ばれたり、表記されるようになった。

樺太に町村制が公布された一九二二(大正十一)年、海馬島の海馬村の人口は百六十戸、七百六十二人だが、ニシン漁期の三～七月には毎年、〝ヤン衆〟と呼ばれる東北各地からの出稼ぎ漁夫が千人余も訪れたといわれる。小さな島も沸き立つようなにぎわいだったことだろう。

一九二五年、樺太視察で海馬島沖に立ち寄った摂政宮時代の昭和天皇は海馬島を「翠島《みどりしま》」と称えた。この時、天皇に上奏するため五十嵐億太郎が著した『樺太海馬島開発ノ概況』によると海馬島のニシンは北海道や樺太産とは全く種類を異にし、尺余(三〇チセン余)もあるため信州などから生魚の需要も多く、漁期には二万石(一石は七五〇キロ、生ニシン換算)以上を輸出した。この年の樺太全体のニシン漁獲高は約三十万石(『樺太日日新聞』一九三五年五月二十三日)で、海馬島の好況ぶりがうかがえる。人口が千人を越えたのもこのころのことだろう。

昭和初期、ニシン回遊が途絶えると、海馬島の好況も一気に沈んだ。しかし、ニシン以外にも品質優良な昆布をはじめイカ、ウニ、ナマコなどの磯漁や沖合のタラなど豊富な資源があり、多くは漁の切り替えに成功、二世も増えて村としての成熟度を増していった。

一九三五（昭和十）年八月十九〜二十七日の『樺太日日新聞』連載「海馬島遊記」で宮崎培春が、一九三三年の調査で郵便局の資料として紹介する各集落の人口、戸数と主要施設は、以下のようなものである。

樺太本島の対する島の東岸にあって唯一の港がある大字古丹《こたん》は島の枢要地区で、本斗からの汽船はここに発着する。字北古丹は十三戸、四十二人で、役場、巡査駐在所、嶋田旅館がある、字宇須は六戸、二十九人

五十嵐漁業の艀（はしけ）

で郵便局がある。字南古丹は二十二戸、八十七人で布教所、医院がある。

島の東南に位置する大字鴎沢《かもめざわ》の、字長浜は漁村で十戸、四十四人。字鴎沢は島随一の漁村で三十八戸、二百三十二人。第一尋常高等小学校がある。日の出鼻には海馬島灯台がある(一九一四年開設)。字大沢も漁村で八戸、四十三人。北海道小樽市からの海底電信線はここから陸に上がる。字望楼下は四戸、二十六人。崖上に日露戦争時の望楼跡があることからこの名が付いた。

大字泊皿は島の西北にある。字泊皿は二十六戸、百三十六人。大野湾に臨み、島で第二の漁村で第二尋常小学校がある。島の西岸に西浜(七戸、三十八人)と海馬浜《とどはま》(七戸、三十一人)の二つの漁村が点在する。


また、島の産物と島の有力者に聞いたその生産額を次のように上げている。

昆布四万四千円、タラ二万円、イカ一万五千円、ナマコとウニ、フノリ各一万円、タコ九百円、ニシン七百円、ソイ五百円など。

海馬島への航路についても詳しい。

本斗——海馬島間の定期航路は本斗海陸運輸が運行。年間七十二回だったのが本年(昭和十)年から九十回に増便。六～八月は月十二回、九月は八回、十月から翌年五月までは月六、七回。このほか北日本汽船の函館——安別線は四～十一月は月に約四回寄港、小樽——恵須取線は十二月から翌年三月までの間、月に二回寄港する。郵便物はこれらの汽船により運ばれる。電信は小樽——真岡間の海底電信線がこの島にも連絡している。

孤島とはいえ、本土や樺太本島と船や海底ケーブルによって密接に連絡が着いていた。島は三つの大字を区で呼んだ。すなわち鴎沢が一区、古丹が二区、泊皿が三区。古丹のうち北古丹は中央とも呼んだ。島にあった主要施設は、先に挙げられたもののほかに、北古丹に公会堂、漁業組合、病院、宇須に通信施設、南古丹に鍛治屋、神社、鴎沢には商店や水産加工場、豆腐屋、神社、泊皿にも商店と豆腐屋、西ノ宮神社があった。北古丹から約二キロ離れた南古丹にあった布教所は真宗大谷派海馬島布教所。島の人は単に「お寺」と言った。

北古丹の滝

車も自転車もないが、人が歩く道路として宇須から中央、南古丹を経て鴎沢まで約五キロ、宇須から〝ガンビ坂〟と呼ばれる峠越えで泊皿まで約四キロの村道があった。その先は道幅が一メートルもない小道だ。昭和初め、イカの不漁で収入減の漁家救済のために樺太庁から補助金を受け、大沢と宇須の郵便局を直結する電信線に添うように開削された延長約一〇キロの観光道路は〝イカ道路〟とも呼ばれた。なかなか立派な道だったという。

島で唯一の中島港（海馬島港）は一九二三年に樺太庁が北古丹に開設した。後に、連絡船などが安心して停泊できるよう船澗《ふなま》が整備された。当時の今村武志樺太庁長官は、風光明媚《めいび》で高山植物に恵まれた海馬島の観光振興に積極的だったようだ。樺太庁鉄道も海馬島の観光宣伝を試みた。一九三九年、海馬島は樺太庁選定の「樺太八景」の一つに選ばれた。

だが、そんな後押しがあっても、三日に一度、本斗から約五時間の連絡船の旅は、船酔いを覚悟しなければならないし、旅館は一軒だけで島はランプ生活、郵便や新聞も数日置きで、食料も不十分とあっては大した進展も見られなかった。

ニシン粕暴落の憂き目に耐え、生き残りをかけた試行錯誤の中で村は皮革目当ての養狐事業に着手した。「島の自然の地形は養狐の放牧場に適し、先年来試育されているが樺太庁ではその成績の良好なるに鑑み、昭和七年度の予算に養狐奨励費三万円を計上したるうち、一万円を海馬島に投じ、赤狐八十頭を放牧する計画である」（『樺太年鑑』、一九三二年）。

優良狐の皮は一枚百円以上に取引されたこともあるという時代で、一九二九年、海馬島が禁猟区になるとともに樺太本島の南名好村や栄浜村から十字狐や赤狐のつがいが導入、放牧された。

狐はノネズミを常食し、シケの後、なぎさに打ち寄せられた貝の実をあさったりして繁殖。役場が手出しを禁じたため、一時は数百頭に増えて島を闊歩し、浜に干してある棒タラを失敬したり、学校の教室の窓から子どもたちの様子をのぞきこんだり、民家の台所や寝所まで入り込んだり。高山植物の花園や島の夕景の中で一匹、あるいは群れを成す、まるで一幅の絵のような姿は、時に島人の感動を誘った。

樺太の離島は、この海馬島と東海岸の北知床岬《きたしれとこ》に近い海豹島《かいひょうとう》の二つしかない。海豹島はオットセイとオロロン鳥の群生地として知られる観光名所で、やはり「樺太八景」に選ばれ

鴎沢沖の名勝・三島

たが、人の暮らしがあったのは唯一、海馬島だけである。

帝政ロシアは樺太をサハリンと呼んで流刑地とした。若きチェーホフは一八八〇（明治十三）年、流刑囚の実態を探ろうと三カ月にわたり全島を旅し、ルポ『サハリン島』を著したが、海馬島に立ち寄った気配はない。

宮沢賢治、北原白秋、野口雨情ら日本の多くの文学者も樺太を旅したが、海馬島を作品として残したのは、明治の俳人・岩谷山梔子《いわやくちなし》と、「赤とんぼ」の作詞者として有名な近代詩人・三木《みき》露風《ろふう》ぐらいだろうか。

海馬島の名の由来となったトドは、海馬浜の地名にも名を残すほどいっぱいいたはずだが、漁民はニシン漁の妨げになるとしてアイヌの人たちを頼んで捕殺に精を出し、トドも人気《ひとけ》を嫌っていつか島に寄り付かなくなった。ニシンの大群が海一面に押し寄せる光景が昔語りとなったころ、島で生まれた二世、三世は敗戦で島を追われるまでここを故郷、父祖の地として暮らした。

一九三七年に盧溝橋《ろこうきょう》事件が起き、日本と中国の全面戦争の発端となる。日本は一九四一年、日ソ中立条約を結んだ後、米英に宣戦布告し、太平洋戦争が始まった。二年後、北太平洋のアッツ島を米軍に奪還されたのを機に日本の北方防衛は対ソから対米作戦に転換、翌年、千島の幌莚《ほろむしろ》に第九十一師団（約二万三千人）、一九四五年二月には樺太の豊原に第八十八師団（約二万人）が編成されたが、樺太における戦時の緊迫感は本土に比べると薄かったようだ。

全国樺太連盟が刊行した『樺太終戦史』には、「戦争の影響は樺太にも当然及んだ。しかし、内地に比べるとそれは緩慢であった……たとえば防空法や内務省令の灯火管制規則、訓練防空警報規則などの戦時法令も勅令、樺太庁令となって施行されるまでには、ふつう二カ月から半年のズレがあった。そのため当時内地からくる旅行者などに、樺太は戦争から遠い別天地のように見えたにちがいない」とある。

ソ連軍侵攻で全島脱出

樺太は、水産、森林、石炭などの豊かな天然資源を生かして漁業、林業、農業と、パルプ、製紙などの工業や鉱業が栄え、一九四一年には人口が四十万人を越えていた。

しかし、一九四五年八月八日、ソ連が日ソ中立条約を破棄して日本に宣戦布告、九日から南樺太へも侵攻を始め、事態は一気に緊迫した。樺太庁は急遽《きゅうきょ》、婦女子や老人らを本土へ緊急疎開させることにし、ソ連の停戦命令で打ち切りとなる二十三日までに約八～九万人が北海道に上陸。ほかに自力で脱出した人も約二万人いたとみられている。

樺太では、国境を越えて侵攻してきたソ連軍との地上戦が十五日の「終戦の詔勅」後も各地で続き、豊原は二十二日も空襲を受け、二十五日にようやく戦火は消えた。この約二週間のうちに戦闘や戦火に巻き込まれ、あるいは疎開船への魚雷攻撃などで、約四千人が死亡した。

日本の北の辺境にある離島、海馬島でも、軍国日本の末端の村として防空防護団や銃後後援会、国防婦人会が相次ぎ組織され、「国民精神総動員」運動が展開され、国家総動員法に基づく徹底的な統制が行われた。働き盛りの若者は出征し、小学校（国民学校）高等科以

◁早春の海馬島

上の少年少女は労働力不足を補うため、食糧増産などに勤労動員された。だが、「終戦」後の樺太戦はあまりにも突然に島を襲い、平穏な生活を吹き飛ばした。

ソ連にとって海馬島は、軍事的行動の標的というより、樺太本島からの密航脱出者を捕える国境の海の格好の砦として、兵士を駐屯させ、海上と島民を監視した。いきなり予期せぬ対ソ戦争の最前線となった島で島民が受けた脅威や恐怖、衝撃は計り知れない。

しかし、後になってみると一島全村、ほぼ全員が終戦からわずか三カ月という短期間に自力脱出した。ソ連軍の監視下、機雷が浮かぶ宗谷海峡の荒波を小さな漁船で乗り切って無事、北海道に上陸した生還劇は、奇跡というほかないだろう。

第1章 ある引き揚げ

――高橋フサ子

高橋フサ子／愛媛県出身・一九二〇年～・岐阜市在住。周桑郡桜樹村鞍瀬梶（現・西条市丹原町鞍瀬甲）という山間集落に生まれ、七歳の時、樺太《からふと》西海岸の気主《きぬし》字牛荷沢《うしにさわ》に移住。二十二歳の時、海馬島泊皿《かいばとうとまりざら》の三十三歳漁師に嫁ぐ。

愛媛山中から樺太へ一家で移住

小っちゃな島ですよ、海馬島は。それでも海の水が透き通っていて、タコやイカやナマコや……と、磯に出れば何でも獲れた。昆布は波打ち際から生えていて、アワビやウニがくっ付いていた。本当に豊かな海で、いいところでしたよ。

私は愛媛の山の中の生まれで、海なんか見たこともなかったけど、樺太へ行く時に初めて見て、大きいなと思った。父親は〝山師〟といったらいいのか、野心旺盛な事業家で、事前に一人で視察に行って、これから発展する未開地の樺太で一旗揚げようって決意したようなんです。

実家は庄屋で裕福な暮らしをしていたそうですが、父は分家で、家屋敷をすっかり処分して、西条から連絡船で岡山に渡ってここから汽車で青森まで行きました。窓を開けといたら着物のえりも真っ黒になってしまうような、昔の汽車です。日本海沿いを行く途中で赤ん坊がぐずって母親を困らせ、新潟で一晩泊まったり。青森からは青函連絡船で北海道に渡って、稚内から樺太の本斗《ほんと》まで、また船で。一週間ぐらいかかったか、遠かったという覚えです。

当時、樺太移住は国を挙げて喧伝された。『北門の宝庫 樺太移住案内』によると、一九〇六（明治三十九）年に開始された農業移民は、一九一二（大正元）年までに二千余戸を数えた。樺太農民数はこの年は約八千人だったが、一九二七（昭和二）年には四万二千人余となった（『樺太殖民の沿革』）。全人口も一九〇六年に一万二千人余、一九一二年に四万四千人ほどだったのが、大正半ばから急増し、一九三〇年に約三十万人、一九四四年末には約四十四万八千人に増えた。

気主は海と山の村

気主は、海と山の村でした。家は気主小学校のすぐ裏手にあった。先生は山田校長と叔母さんみたいな浅川武子先生、それに増田先生と私らが習った大橋先生の四人ぐらい。大橋先生は犬ぞりで学校に来て、いつも犬が学校の玄関先につながれて帰りを待っていた。

小学校六年の時、本斗の呉服屋でブラウスを買ってもらって、景勝地でサケの孵化場がある多蘭泊《たらんとまり》（気主の北方約三〇キロ）へ修学旅行に行った。小学二年から高等科二年まで、この学校に七年通った。当時はまだ未開拓地区で、みんな仲が良かった。卒業すると、土木事業やら木工場やら農業やら、いろんな仕事にかかわっていた父の家業を手伝った。

高橋フサ子さん

父は剛毅な人で、隣の家と共同で大根の種を一斗五升も買って二十八反（二八〇アール）の畑を馬鋤《ばすき》で耕し、一週間がかりで二粒か三粒ずつ種をまいた。大根ができるとトラック二台、馬車四台で駅まで運び、貨車に積み込んだりして、二十日間ぐらいかけて出荷した。特大の大根でも、たしか一本が二銭。重たいばかりで大したもうけにはならなかったが、私らは娘時代で損も得もない。ドブネズミが大繁殖した年もありましたよ。

収穫が終わった最後の日に、気主小学校の体育館みたいなところで広沢虎造の浪曲を聞いた。ある年、気主灯台の上の土地を一町歩（一㌶）借り、ソバをまいて育てたけれど風が強過ぎて秋の実りの時に吹き飛ばされ、骨折り損のくたびれもうけだったこともある。時には力仕事にも従事した。山に丸太切りにも行きました。ちょっとした立ち木ぐらいは今でも倒しますよ。うちは上が女二人だったものだから男並みに使われました。何も苦労だとは思いませんでしたよ。

十七歳のころ、海が真っ白になるほど、ニシンが気主の浜に押し寄せたことがあった。

ニシンが入った網をたぐりよせる「網起こし」作業

春になったら、秋田からニシン漁のために出稼ぎに来た〝ヤン衆〟と呼ばれる男の人たちが二、三十人も番屋に寝泊まりしていた。ニシンが来るのはわずか一週間ほどの間で、その間は獲れるだけ獲って倉庫に積んでおくんです。山ほど獲れたニシンは、あとから数の子を搾ったり、直径二㍍くらいの大きなニシン釜でゆでて肥料にしたり、鮮度のいいものは身欠きニシンにする。数の子を抜いた後、エラを外して首にひもを通して一本のひもに二十一匹ずつ数珠つなぎにして、一週間ほど乾燥させると身欠きニシンになりました。

数の子は、五寸釘でニシンの腹を裂いて出し、大きなタンクに貯めた塩水にさらして、固くなったら、たもですくって、ムシロの上で乾かす。今は機械でやるけど、昔はみんな手仕事です。数の子は、ニシンの腹にいる時は軟らかいけど、冷凍なんてできない時代だから、乾燥数の子にした。食べる時に水に浸して戻し、お砂糖とみりんで味付けしていただく。味も黄色い色も、今の数の子と同じです。

内幌《ないほろ》には東洋一といわれた炭鉱があった。先進的な低温乾溜工場があって、大きな企業の人がよく視察に来ていました。内幌川から、海があずき色になるくらい汚い水が流れていましたよ。昔だから何てことなかったのでしょうか。

景色に惚れた

私は十九歳のころから二、三年、仕事がない冬場には友達と内幌炭鉱の社員寮に女中奉公に行った。茶碗を洗ったり、部屋の掃除をしたりで、小遣い稼ぎになった。社員は今でいう中学出も大学出もいましたが、コックさん付きの寮で、奥さんがいない人が大勢いました。本斗の遊郭で、ボーナスを一晩で使ってしまったとか、よく話していました。

私は景色に惚れたんです。姉が結婚した相手の親、つまりお舅《しゅうと》さんが父と同業で、気主の山で人を使って造材の仕事をやっていて、そこに冬場に仕事がない海馬島の漁師の人たちが出稼ぎに来ていた。そんな縁で、夏には逆に、海馬島の漁師の家に隣の家の友達と一緒に二年ぐらい、昆布干しの手伝いに行ったりした。その友達は福島県出身で、学校を出てから一家で樺太に来ていた。私と同じ年ごろで、大の仲良しだった。私が結婚した後、やはり海馬島の漁師の人と結婚して、何回かうちにも遊びに来たけど、引き揚げてからは一度も会ったことがないんです。四年ほど前に亡くなったという知ら

宇須の海岸から港を見る

泊皿の西海岸／画:若松吉雄さん

せを、つい最近になって、人づてに聞きました。
私は二十二歳で海馬島にお嫁に行った。はじめ、親が気に入って話があったのだけど、嫌で嫌で、お迎えが来た時、一晩ぐらい家を飛び出した。でも結局、親が行け行けというから言いなりになった。案外、純情なんですよ。十二歳も年上、ひと回りも歳が違う漁師の家に後妻さんで入った。前の奥さんは早く亡くなっていて、子どもたちがかわいそうだなと思って。情にほだされたんです。
でも、海馬島に行って住んでみると、いいところでした。ウニでもナマコでも手づかみで獲れたし、あんないいとこないですよ。
あのね、磯舟、あるでしょ。それに乗ってみんな漁をするんです。こういう鏡の付いた、磯鏡というのをくわえて。海の色は本当に底が見えるだけきれいですよ。近くには、川という川は無かったですからね。山の水を引いた水場があちこちにあって、そこで洗い物や洗濯をした。煮炊きした薪の灰を樽に入れると下にアクがたまるけど、そのうわ水で洗濯をするとつるつるになって汚れがよく落ちるんです。

昆布でも、後に稚内とかで見たものは長くても一〜二メートルだけど、海馬島のは五〜六メートルと大きくて、幅も二十数センチある立派なものなんです。分厚いので引っ張ってもちぎれない。そんなのが波打ち際から生えていて、潮が引くと船が着けないほど、自生する昆布が背中を出している。その昆布にアワビやウニがくっ付いている。本当に、豊かな海ですよ。

ウニは、本土で普通に食べられているムラサキウニなんかよりずっとおいしい、バフンウニです。一〇キロ入りの樽に塩漬けして練った練りウニを一軒で七樽ずつ作る。

それから夏にかけて昆布採り。泊皿から滝の上を通って峠を越えたところにある海馬浜に、小屋を建てて行くんです。途中の山には高山植物の花がいっぱい咲く。天気がいいと朝の四時から十時まで、岩場に昆布を採ってもいいという目印の赤い旗が揚がっている間に、みんな、一斉に船を出して採ったんです。それを少し離れたところにある浜辺の干場に運んでいって、一週間よりもっと長く、からからになるまで干した。

それが終わると今度は秋、イカです。夜、明かりに寄ってくるイカを、竿の先に棒を伸ばし、とげがいっぱい出た針が二段についている竿で男衆が釣り上げる。ビューッとやれば針は外れるので、それを繰り返す。墨をひっかけられて真っ黒な顔になったりしながら、一人一晩に千匹も釣れれば大漁ですよ。

私らは釣ってきたイカを海辺で裂いて、丘の上で天日干しにする。最初はだらりとぶら下げ、夕方には足のところを縄に掛ける。夜は足を結んでむしろをかけて固めておく。次の日はそのまま干す。乾燥したら倉庫に積んでおいてまとめて出荷する。イカは、耳を歯で噛んで引っ張ってピューッと広げ、足でイカの足を延ばしてスルメにする。十枚束ねて積んでおくと、まとめて漁業組合が取りに来る。終戦の時、昆布もイカもそうやって倉庫に積んだままで来てしまいました。

春四月からウニ、タコ、夏にかけては昆布、秋はスルメイカ、この四大産物でやっていけた。

冬は何の娯楽もないし、みんなで編み物をしたり、安気な生活をしていた。島の男の人は編み物が上手。何でも自分で編み上げる。若い人の中には、本島(樺太)に出稼ぎに行く人もいました。丸太とか林業の仕事です。

豊かな海の幸、陸の幸

海馬島はもともとニシンの漁場だったけど、私がいたころはそんな時代はもう終わっていた。タラとかは大きな船で取るのだけれど、とにかく波打ち際が海の幸の宝庫で、昆布とウニとタコとイカ、それにフノリとか岩ノリなどの海藻をとって生計を立てていた。島に先生とか警察官とかもいるにはいたけど、そういうのは特別な人たちで、あとはみんな漁師です。本当に、いい人ばかりでしたよ。

島だから、波打ち際に岩があるでしょ。タコでも豆ダコなんかは子どもたちがおもちゃにした。ぱっぱっと取って岩の上に跳ね上げておくんですよ。一斗缶の半分ぐらいの大きさのゴブ

海馬島全景

ダコもいた。アワビでもナマコでも海藻でも、陸《おか》から直に獲れるので、食べたい時に獲って来るんです。何も争うことがない。

アワビは塩漬けにした。ナマコは波打ち際にいるのを素手で捕まえる。黒ナマコもいるけれど、おいしいのは赤ナマコ。中国では高級食材で、ハソリ（大鍋の一種）でゆでたのを干して、燻製《くんせい》にしたのを出荷した。

泊皿の大野湾の沖にある、島のような箱崎岩の近くに行くとトーベツカジカがたくさん獲れた。タコやヒラメと一緒で、箱メガネでのぞきながらヤスを突いて獲るんです。トーベツカジカは、オコゼみたいな、頭がでかくて体が小さくて気持ちの悪いお魚ですが、皮をとって包丁で切って水にさらして血抜きをしたら、ごはんといっしょに押しずしにする。いわゆる飯寿司《いずし》です。酢は入れないで、人参やショウガ、野菜を入れてたくさん作った。おいしいですよ。毎年漬ける。十月ぐらいに。冬の味覚です。

泊皿の五十嵐漁場

岩ノリは真水できれいに洗って、切り株の上で包丁でたたいて潰し、紙すきのようにすだれに伸ばして水を切って干し、分厚い浅草のりみたいにするんです。火にあぶって食べると今のノリなんかよりずっとおいしい。フノリは四月ごろ、岩場にびっしりあるのを時計のぜんまいを使ってそぎ取る。一日にむしろ十四枚分とか採ってきて出荷した。味噌汁にするとおいしいんです。本当にいいところでしたよ。

畑も、自分で耕したところが自分の土地。境界なんてない。村中が親戚のようで、平和な暮らしでした。

さすがに水田はなく、米はなかったけど、畑でカボチャやジャガイモなどを栽培した。味は、北海道や内地のものよりずっとおいしいものでしたよ。

海馬島の四季

そうそう、海馬島ならではの名物があったんです。ウトウという海鳥で、ケントウガモとも呼ばれた。岩と岩との間にある泥を掘って地中に巣を作るので、島の人たちは季節になるとケントウガモが巣をかける岩場に卵を掘りに行く。泊皿にもそんな場所があった。

ウトウは海上に食を求めて生活し、繁殖期は孤島で繁殖する。海馬島は一大繁殖地で、三月末ごろ大群で飛来し、四月末から五月初旬にかけて土中に掘った巣穴に産卵、六月上旬ごろ孵化が始まる。親鳥は雌雄とも夜明けに巣を飛び立ち、日暮れ後にニシンやイワシ、キュウリウオ、ナゴ、スルメイカなどのえさをくわえて帰る。ヒナはふ化後四十～五十日で飛び始める。飛翔中は敏捷に方向を変えることができず、一日五十～百羽は岸壁などにぶつかって死ぬ。まれに八月上旬ごろ二回目の産卵をする。食糧難時代にはカモメやオロロン鳥の卵などとともに貴重なたんぱく源だった。

秋にジャガイモを植えておいたら、大きな芋がいっぱい出来た。夫は几帳面《きちょうめん》な人で、それを備蓄したんですが、なんと五十俵(一俵は石油缶二つ分)もあったんです。ケントウガモなどの鳥の糞で、土地がよほど肥えていたんでしょうか。

樺太でも(東の)オホーツクの海は凍るけど、海馬島は冬でも不思議に凍らない。氷がまず、来ないんです。それでも寒さは厳しい。雪は降ることは降るけど、風が強くてみんな海の方に飛ばされてしまう。冬は半年、寝て暮らすしかない。太陽なんて見えません。空はいつも鉛色です。樺太(本島)でもそうだけど、冬は全然、太陽の顔が見えない。

十一月になると半年分の食料を買って備蓄しておく。島の中に雑貨屋さんがあって、お米も醤油も砂糖も売っている。漁業組合であっせんしてもらったりして、とにかくどんどと買う。石炭も二トンとか、まとめて買って石炭小屋にいれておく。一トンでムシロカマスに十二杯だったか、それを家に備蓄しておく。煮炊きもストーブも石炭だけど、ロシアの方から流れてくる大きな丸太が海辺に寄ることもあった。十二尺（約三・六メートル）もあるのがどうして流れてくるのか分からなかったけれど、それを切っては薪にしてストーブで燃やした。

私が大好きな季節は、夏です。七、八月ごろが一番いい。太陽の顔が見えるから。気温が28度とか30度になる日もたまにある。でも、夏は短い間だから、やっぱり春から夏の季節がいい。秋になって木枯らしが吹くようになったら寂しくなります。

ロシアの軍艦が来た

海馬島に嫁いで行ったのは昭和十七年だから、もう戦争は始まっていて、国防婦人会とかもあって、竹やりで〝エイ、エイッ〟って、戦闘訓練もやりました。昔のことですね。あんなもので勝つわけないのに、おかしいね。終戦の年の春に夫は恵須取《えすとる》（樺太本島）に兵隊に行ったんですが、終戦間際に帰ってきた。

集落から下方に見える海岸の海面すれすれにB29か何かが何機か飛んできて、空襲警報が鳴るたびにみんな、子どもを抱いて防空壕に駆け込んだ。枕元には十日分の豆やあられを炒ったのを備えておいて、それを持って。

うちの本家は監視の仕事をしていたのか、兵隊さんが七、八人駐留していた。軍の米も、倉庫にいっぱいあった。

八月十五日(一九四五)年の玉音放送を聞いた後は、やけになって、みんなもう何もする気がなくなったようでした。

ロシア(当時はソ連)の人が来たら手を切り落とし、鼻をそがれ、皆殺しにされるからというので、男の人たちは仕事をしないで一階山《いっかいやま》に三十ぐらいも壕を掘って、三十何軒、みんな一緒に、爆弾を仕掛けて(自爆して)死ぬんだと言って大騒ぎしましたよ。泊皿の集落の背後に一階山、二階山、三階山とだんだんと高くなっている高地があって、そのうちの一階山です。若い女の人はロスケ(当時、ソ連の人のことを日本人はこう呼んだ)に悪いことをされるといけないというので、海岸端の洞窟の中にしばらくの間は隠れたんです。結局、上陸してもそんな野蛮なことはなかった。死なずに済んでよかったです。

後から聞いた話では、村長さんが、引き揚げ船で自分の家族たちを先に逃がしたとか、役場の公金を着服したとかいわれて、在郷軍人の人に捕まって棒杭に縛り付けられて殺されそうになったということがあったそうです。

あの時、泊皿の大野湾の沖にロシアの軍艦が来て、白人の兵士らがボートで島に着いて、泊皿に帽子とか襟に記章をいっぱい付けた船長さんが五人ぐらい上がってきて、本当に怖かった。

学校の先生はロシア語を知っていて通訳ができるので、「それぞれ、自分の家の屋根の上に、腰巻でもいいから赤い旗を立てよ」ということで言われた通りにして、玄関の前で手を上げて立っていたら、「十日分の食料を持って港へ集まれ」ということで、あわてて豆を炒ったりして袋に入れて準備して、お産してまだ二日目の人もいたけどなんとかムシロに乗せて連れて行って、みんな正直に集まった。モスクワに連れていくということだったが、行ったら今度は「帰れ」と言われて、また家に戻ったんです。

でも、ロシアの人は日本人よりいいと思ったですね。はじめ、白人の兵隊が私の家の中に土足で踏み込んで来た時、私は風呂場に隠れた。初めて見たロスケは、髪は茶色か白、目は青色で、背の高い人も低い人もいたけど、銃剣で押入れの戸をばっと開けたりした時は怖かった。でも、温厚で、何もしなかったですね。その後は八人ぐらいが峠の向こうの中央（北古丹）に駐留しました。

ある時、泊皿にやってきた駐留兵が家の中までやはり土足でつかつかと入ってきて、長男（当時三歳）にチューインガムを出して「食べなさい」というような仕草をした。怖がって食べないので自分で少し食べてみて、「大丈夫だから」と勧めてくれた。お父さん（夫）が長男の頭を散髪していたら、ロスケがそのバリカンを使わせてくれと言って、子どもの髪を刈ってくれたりした。駐留兵は毎日遊びに来たので、そのうち片言の言葉を交わしたりした。ロスケは鉄砲を持っていて、ときどき空に向けでバンバン撃っていた。なんだか、ストレスを解消していたのかも知れないね。

遺体浮かぶ海を渡って

私たちがいた泊皿というところは三区だけど、連絡船が着く港がある二区の人たちや、島でもう一つの学校がある一区の人たちはとうに北海道に逃げて、泊皿だけ取り残されていた。それでもこの年の秋も終わりのころ、先に逃げた人が船で迎えに来てくれた。島に貯蔵してあったお米何百俵かをチャーター料にして。

裸で逃げてきたんです。なけなしのお金だけ持って。着の身着のまま。船底の米を積

村が消えた、泊皿の現在の風景

んだ上に雑魚寝《ざこね》して。あふれた人は甲板の上にいて波をかぶって怖い目にあったと思う。昆布もスルメイカも山ほど倉庫に積んだまま、練りウニも一軒の家に二斗樽を七本ずつ。みんな置いたまま、ランプも消さずに真夜中の二時ごろに逃げてきた。逃げてくる途中、海がシケて、稚内に向かっていたのが礼文《れぶん》島にようやくのことでたどり着いた。

本斗の方から来る船がシケで難破したとかで、礼文島にはごろごろごろごろ死体がありましたよ。お金を風呂敷で腰に巻いて死んでいる人もいた。

一晩か二晩お世話になり、当初の目的地だった稚内に向かった。引き揚げてきた村の人は先に引き揚げた人が確保した漁業倉庫で暮らして

かつて樺太連絡船が発着した稚内港に今も残る北防波堤ドーム

いる人もいたが、私たちは行くところがないので二晩ぐらい旅館に泊まって、それからみんなそれぞれ、分かれ分かれになった。

泊皿の人はみんな一緒にその船で逃げてきたんだけど、一人だけ、島に残った奥さんがいました。旦那さんがロシアの命令で本斗まで船で行っているのでおいてはいけないと言って。その人は、ほかに本斗に行っていた十人ぐらいの男の人と旦那さんと一緒に後から北海道に逃げてきました。元は本斗の芸妓さんだったというけど、しっかりした人でした。その、本斗に行っていた人のうち、一人の男の人は撃ち殺されたと聞きました。

そしてもう一人、私たちの船が稚内に着く時に行き違った船が、海馬島の浜辺に置いてきた荷物を取りに行く船で、それならとそっちの船に乗り移って海馬島に戻った一人の男の人が、積んである荷物に仕掛けてあった火薬が爆発して死んでしまった。

それでみんな怖くなって、荷物もそのままにして逃げ帰ってきたそうです。亡くなった人のお嫁さんは稚内で待っていたけどそんなことになって、知らない土地でどうやってお葬式を出したのか。寂しい思いをしたと思います。

私たちはその後しばらく稚内にいましたが、ひと足先に引き揚げた親戚がオホーツク沿岸の音標《おとしべ》（北海道枝幸《えさし》郡枝幸町）の開拓農家に行っていて、こっちに来ないかと言われてそっちに入植しました。

木の根を掘り、原野を開墾して農地を開いて、乳牛も何頭か飼いました。農業だけでやっていくのは大変だったけど、お父さん（夫）は漁師で、毎年、稚内の昆布採りの時期には出稼ぎに行ってどんと稼いできたので、余裕がある暮らしでした。

それから息子たちが岐阜市の問屋町の会社

音標原野の面影を残す雑木林

に就職したのを機に、一九六七年に岐阜市に引っ越してきた。夫の弟の一家も少し遅れて岐阜に来て近くに住んでいましたが、先年、夫婦ともに亡くなりました。

私の夫も弟夫婦もみんな、海馬島で生まれて海馬島で育った人たちだから、海馬島のことを一番よく知っていたはず。私は嫁に行って三年過ごしただけだから、あの人たちが生きていればもっと詳しい話が聞けたのにね。

もう、今年で九十六歳になります。月日が早いような、遅いような……。戦争のときには、気が張っていたからだけど、よく耐えてきたなあと、よく頑張ってきたなあと思います。

もう、ずっと昔のことですよ。

第2章 宝の島の子どもたち

――一区（鴎沢）

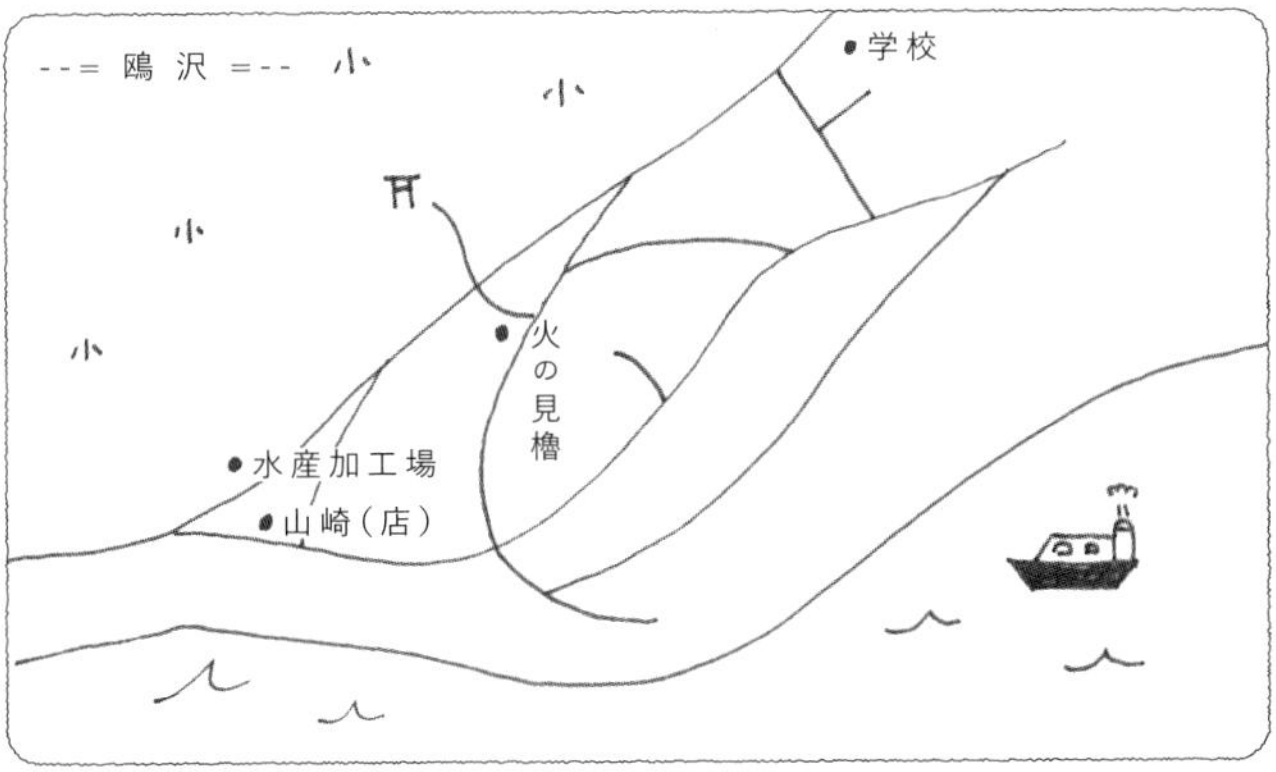

眺めは最高、住みやすかった――成田 秀男

鴎沢《かもめざわ》出身・一九三二年〜・北海道利尻《りしり》富士町在住。漁師の家で三人の兄と一人の姉に続く五番目の子として生まれ、弟妹も三人いる。

海馬島《かいばとう》は、宝島だね。海の幸、山の幸。眺めは最高だし、自然そのもの。あんなに住みやすい、何も不自由しない宝島はないね

海馬島では、ニシンの群来《くき》と同じようにウニの群来があって、海が白くなったことがあった。ウニの上にウニがいるほどウニだらけで。親によくウニむきをやれと言われたもんだが、夕日が沈むころになると、ホッケだのカジカだの、いろんな魚が、人間がウニむきをやって海に投げ込んだウニの臓物を食べに集まって来る。その魚をまた、人間が食べたいだけ獲るんだ。海馬島には、おいしいものがいっぱいあった。眺めは最高だし、自然そのものだった。

鴎沢に住んでいたが、五月ごろになると大沢に仮小屋を建てて、ウニ獲りをする。それから、昆布採り。秋には鴎沢に帰ってきて、イカ漁になる。タラでもソイでも、磯舟でちょっ

豊かな海。鴎沢から三島を望む

と沖に出れば大きなのが獲れた。

蔵はないが、岩塩をかぶせて浜に野積みにしておくと冬が来る前に大きな船が来て（買い取ってくれるので）磯舟で大きな船に積み替えた。ほかにもタコとかナマコとかいろんな漁があって、不漁だとか仕事がなくて困るということがなかった。

でも、やっぱり山菜が出る春が待ち遠しい。ゴメ（カモメ）やケントウガモの卵を食べられる。冬は魚ばかりだし、昆布を煮て潰して細かくしたのに米粒をぱらぱらまぶした、昆布だらけの弁当を食べたりした。

ケントウガモが山ほども飛んできて来て糞をするので、カボチャなんか植えといたら肥料なしでいっぱいできる。地面に穴を掘って、鶏の

成田秀男さん

ような卵を産む。それを掘りに行くんだが、卵よりまず、バタバタバタバタ、海から飛んで来るときに地面にぶつかってけがをしたり、死んでしまった鳥がそこらへんに何十羽といる。その鳥の羽だけとって首にかけて持ち帰るんだ。

卵が孵化すると、親がオオナゴやイカなんかをくわえて、待っているヒナに食べさせようと空から降りてくる。オオナゴなんかはぴかぴか光るのでよく分かるんだ。大人も子ども一緒になって空中で棒をぶんぶん振り回すと、親鳥がびっくりして、くわえてきた小魚なんかをぽとぽと落としていく。それをまた、人間が拾って食べるんだ。

ケントウガモと並んで海馬島に繁殖のためにやってくるもう一種の大物は、「オロロン、オロロン」と聞こえる鳴き声からその名が付いたオロロン鳥こと、ウミガラスだ。この鳥は、磯浦と大沢の途中にある断崖に巣を作る。

わしの死んだ兄貴は、恐ろしいような断崖をロープで降りて行って、オロロン鳥の卵を獲ってきた。カモメより一回り大きい青い卵で、煮たり、ゆでたり、卵焼きにしたり。若いアザミの葉と一緒に卵とじにしてよく食べたもんだ。海馬島では、そんなふうに季節ごとにいろんな味があったんだ。

日本が戦争に負けたことが分かり、ロシアが攻めて来るとなった時、夜、磯舟に火薬を積んで、敵の軍艦の下に入って爆発させるといって、サイダー瓶のようなものに地雷を着けたものを作った。

しかし、戦争に負けたのだからこんなものを残しておくとまずいということで、磯舟で中島港の沖に行って火を付けて海に投げると、〝バーン〟と水柱が挙がって、周辺の魚が脳震とうを起こして浮かんできたんだ。今でも覚えているね。

そして、海馬島に居た軍隊の隊長と、わしらの鴎沢集落と意見が合わなくて、日本人同士で内輪もめの〝戦争〟をやりだした。「どうせ負ける戦争だから、女は竹やりを持って最後まで戦い、子どもは防空壕に入れて爆弾を破裂させて玉砕するんだ」と、隊長の命令が下った。しかし、村長が中に入って、結局はみんな助かった。村長がそのあと襲われたというのも、そんなことと関係があるのではないか。

わしらが逃げてきたのは、鴎沢のうちでも早かった方で、ちょうどロシアが泊皿《とまりざら》に上陸したという日だった。ポンコツの、ポンポン船といわれた焼玉エンジンの船で鴎沢を夕方出て、次の日の朝、稚内に着いたのかな。海がナギの時だったからよかったものの、船底に米をいっぱい積んでいたから、シケでもあったら行っちゃってる(遭難している)よ。姉さんの子どもたちと一緒に来たが、島に残る姉さんが「生きていたら、母さん、絶対行くからね」と言い聞かせても、子どもはわんわん泣いていた。あのころは「最後の一兵たりとも敵が来たら竹やりで向かう」という教育で、女でも残って戦う気だったんだ。今ではバカにされるけど。でも、結果的に早く逃げたのはよかったね。

わしの兄貴はいまは体調が悪くて話も聞けないが、長浜にあった海馬島灯台の灯台守の人と友達で、わしらが逃げてくるとき、たまたま灯台に遊びに行っていて島に残ってしまった。

それで、十日後ぐらいに帰ってきたが、海馬島に米を盗みに来た船がロシアに捕まってノズルを取られてしまったので、ロシア兵に酒を飲ませ、酔っ払った隙にノズルをかっぱらい、エンジン音がしないよう水に湿らせた叺《かます》をかぶせて逃げてきたんだと。その時、見つかって、ピューッ、シューッと弾が飛んで来るんだってね。「命からがらだった」って言っていた。

港がある中央にあった大きな蔵に樺太庁《からふとちょう》が玄米を備蓄していて、それが犯罪のもとになった。戦争が終わってから、稚内の方からもみんな、その米を目当てに海賊船で海馬島に行ったようだ。

ずっと以前に死んだわしの兄貴は、海馬島出身者でつくる海馬島会によく行っていて、戦後初めて海馬島を訪ねた元島民らの墓参ツアーの話をしていた。それで、島に行ってみると、どこもかしこも草原と薮だらけ。ようやく目印になったのはコンクリート製の奉安殿の跡で、そこに学校があったことがやっと分かったそうだ。

わしらは、その奉安殿に最敬礼しないと大ビンタを食らったもんだ。家から学校に行って、奉安殿の前を走り込んだら先生に見つかって大ビンタを食らった。あのころの先生は柔道着姿で、軍国教育だった。あれはひどい叩かれようだったなあ。

昭和二十（一九四五）年の秋になって利尻島に来たころ、樺太の方から逃げてきたという小さな機帆船がシケに遭って、すぐそこの海で遭難した。

フェリーが着く鴛泊《おしどまり》港の向こうの、湾内の浜の坂を上がったところに真新しい棺桶が何十と並んでいた。あそこは昆布でも何でも打ち寄せられて上がるところだ。それはその時一度だけのことだったが、今でも記憶している。

戦後になって聞いた話なんだが――吉田 礼三

鴎沢出身・一九二八年〜・稚内市在住。敗戦まで防備隊として同級生ら約十人で大沢に駐屯。迎えの船が来て最後の晩餐中、ソ連軍が来たと聞き、仲間と一目散に脱出。

終戦当時、長く軍隊にいて曹長にまでなって退役した三十歳過ぎぐらいの人が海馬島に来て在郷軍人の長をやっていた。

中央に住んでいたと思うが、(私がいた)鴎沢とは離れているので、私自身はよくは知らない人だが、長いこと軍隊生活をしていたので漁師をするにも立ち遅れ、商売をしようにもうまくいかないことがあったらしいんだ。それで組合の金を預かっていた村長に金の都合を頼んだものの断られたことに腹を立て、終戦の日のあと、在郷軍人を率いて村長を引っ張って三区に連れ去った。海岸をずっとわたって、誰も人が住んでいないところまで引っ張って行って、棒杭に縛り付けて爆雷を仕掛けて殺そうとしたそうだが、村長はなんとか自力で脱出して、しばらく隠れていて助かったという。

また、その在郷軍人とは別に、島には本当の軍人もいたが、ソ連軍が海馬島に来るということになって身が危うくなったものだから、いち早く軍服を脱いで漁民の衣類を着てまったく別人のように装い、どこかに姿を消してしまったらしい。

　こうしたことは戦後、泊皿から引き揚げてうちの近所に住んでいて、もうとっくに亡くなった人に私が聞いて、みなさんに知らせた話だ。

　その在郷軍人の長に言われて村長を泊皿に連れて行った当人だが、村長をよく知っていて、助けてやろうということで、縛るには縛ったけれども後で縄が抜けられるような縛り方をしてきたんだと言っていた。本人から直接聞いたのは私一人で、ほかにはいない。

在郷軍人が子どもを訓練——木村　豊美

鴎沢出身・一九二四年～・北海道利尻富士町在住。元海馬島会会長。現在も、漁船のエンジンなど船具を扱う工具店を経営。

　うちは、磯舟で漁をする小漁師だった。なにしろ海馬島は昆布が豊富なところで、ここの利尻昆布とまず一緒だが、海馬島の昆布の方がもっと質がいい。そして、利尻と同様にニシンが一匹も来なくなってから、一番の収入源は昆布になった。

私自身、生まれ育った海馬島で、ニシンは何回というほども見ていない。十月から十二月にかけての三ヶ月ぐらいは、ポンポン船で五〇〇メートルぐらい沖に出て、タラ釣りをやった。

海馬島には集落が四つあって、どこに行っても景色がいい。三島《さんしま》、烏帽子《えぼし》岩、帆立岩、釣鐘岩とか、島の周りにいくつも小島や岩の名所があった。ただ、泊皿だけは真っ平らの地形なので、見るべきところはない。

海馬島の最高峰の台南岳《たいなんだけ》には、一年に一回はみんな、登りに行った。山頂からは、ずっと見渡せる。天気がいいと樺太も見える。鴎沢からは、望楼台からでは見えない利尻富士が見える。

本斗《ほんと》に通う定期航路の暁丸は、山中船長と若松船長が交代で乗っていた。八十年前の船賃は二円五十銭か二円七十銭ぐらいだったか。

終戦間際の食糧難のとき、米も配給だし、そこで一番自由で豊富だったのが〝ゴメ〟といって、カモメの卵だ。それに、地面に穴を掘って獲るケントウガモの卵。海馬島では毎

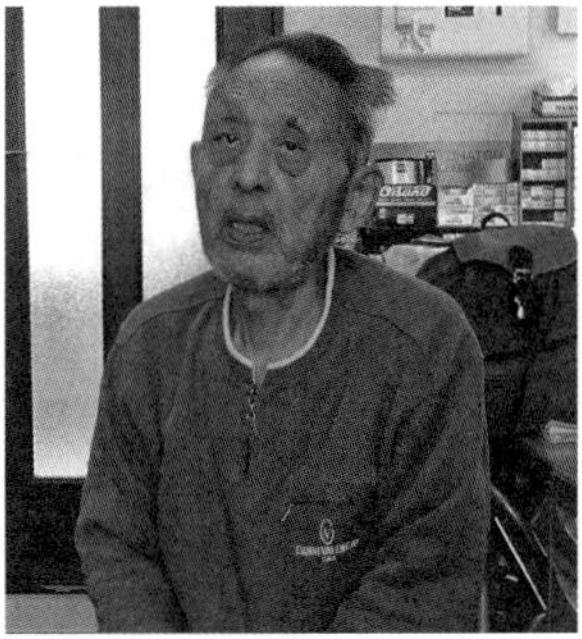

木村豊美さん

年五月ごろになるとみんな、ニシンを背負って歩くモッコを持って大沢というところにケントウガモの卵を獲りに行く。一度、警察に捕まったが、卵を半分渡して許してもらった。ゴメの卵は一回獲ったらおしまい。ロッペン鳥（オロロン鳥）の卵は絶壁にあるので、何人かが卵を獲りに行って命を落とした。ケントウガモの卵は鶏の卵ぐらいの大きさだが、ロッペン鳥の卵はでっかい卵で、岩の上にごろごろしている。殻も硬くて、黒いぼつぼつが緑色か黄色の殻に付いている。味はケントウガモの卵が一番だろうか。鶏の卵のようで。

うちは、六月から九月にかけては鴎沢を離れて、島の西側の海馬浜《とどはま》に昆布採りに行った。半日かかって船を漕いで行く。ここには泊皿の人も来ているので、鴎沢に住んでいても（島の反対側の）泊皿の人のほとんどを知っている。

海馬浜に行くころはちょうど夏休みの期間に重なるので、子どもたちは学校に行かずに親について行って漁の仕事の手伝いをした。

当時は、学校を出てからも夜間に学校を使って開かれた青年学校に行った。在郷軍人の人たちが島に何人もいて、子どもたちに軍事訓練を教えていた。昼は訓練をやり、夜は青年学校で勉強した。

大沢の望楼台に海軍の監視所があって、兵隊が七、八人いた。本当は、その存在自体、秘密のはずだった。陸軍は、警備隊みたいなのが鴎沢の学校から長浜の灯台へ行く中間ぐらいに居た。泊皿にも兵隊が居たようだが、よくは知らない。島で防備隊に入る若い者もいたが、私は入らなかった。

昭和二十(一九四五)年四月に二十歳になり、六月三十日に兵隊になって海馬島を離れた。日の丸の旗で出征兵士を送る儀式はもうそのころには無かったが、家族が港まで送ってくれ、沖の馬山岩《まさんいわ》辺りに船がさしかかるところまで手を振ってくれた。

旭川の第七師団から移駐した軍隊(樺太混成旅団)が樺太の敷香《しすか》にあって、同級生はみな、そっちに入った。私一人だけ、なぜか旭川で、師団の戦車の整備工員養成所のような工場に入った。しかし、整備訓練に使えるような戦車はそこにはたった一台あったきりで、私らはその一台を組み立てたり、解体したりを繰り返しているうちに終戦になった。十八歳で兵隊を志願して島を出た者は皆、戦死した。私の家には父親と母親が残っていた。二人とも海馬島生まれで、戦後、早いうちに無事に引き揚げてきた。

私は、旭川の師団で残務整理をやっていた。師団の周りに何十本と壕を掘ってあったが、終戦になって、軍の鉄砲とか食料とかをみんなそこに入れた。それを、またぽつぽつと出してきては食いつないだ。偉い連中は皆、さっさと郷里に帰ってしまったが、私の故郷はロシアに占領されているんで帰るところがない。それでしばらくいるうちに旭川にやって来た米軍とも仲良くなった。

　母親の親戚が利尻(利尻島)にあったので、利尻に近い稚内に一週間行って、いったん旭川に戻った。函館にはおじさんがいて、旭川から稚内に出る宗谷本線と函館に行く函館本線とどっちに乗るか迷ったが、稚内に出れば海馬島の様子が多少でも分かるのではないかと思って稚内に出た。そうしたら、引き揚げ者がぞろぞろいた。知っている人に家族のことを聞いたら「利尻にいるよ」と。それで利尻に来た。

　十月三十日ごろだったか。父親や母親もこっち(利尻)に来ていたし、隣近所の人たちも来ていた。海馬島の者はみんな船を持っているから、

鴎沢から利尻富士を見る

海馬島から真っ直ぐ来るとちょうど、利尻の沓形《くつがた》港に着く。今の定期船なら所要時間は八時間ほど、昔の手漕ぎみたいな漁船だと十五時間ぐらい。高速船なら三時間ぐらいで来てしまうのではないか。

そもそも、利尻の鴛泊《おしどまり》から海馬島へ出稼ぎに行っているうちに、ニシンと昆布が豊富な島なので、向こうに分家して落ち着いてしまった人が多い。もともと島を行ったり来たりしている人たちなんだから。その後はみんな、バラバラになった。

海馬島の人は、越中衆とか言って富山とか新潟などから入っている人が多かったので、戦後はそっちを頼って行った人が多いのではないか。

みんなで玉砕すると爆弾造り——木村 健司

鴎沢出身・一九三二年〜・北見市在住。父親は北海道出身で、海馬島では半農半漁、家族を養うため船大工もやった。十人きょうだいの上から八番目、六男。

話は山ほどあるんだ。海馬島では、五月から九月までは、二区の向こうに三軒ぐらい入れる大きな番屋があるのでそこに家族じゅうで行って、ウニや昆布や魚を獲った。畑にカボチャや芋を作って、食べるものには不自由しなかった。

海馬島から逃げてくる時は、たまたま、樺太から来た汽船がシケを避けるために鴎沢の湾に入っていたので、お袋の兄（山﨑弥作）が「利尻に連絡して、チャーター船二隻をよこしてくれ」と頼んだ。その汽船が（頼まれた通りに）言ってくれたらしく、利尻から漁船が二隻来た。けれど海馬島の定期船の暁丸がちょうど戻ってくるというので、一隻はそのまま帰した。もう一隻は鴎沢の一〇〇メートルと離れていない沖に停泊して夜のうちに島にあった米百俵をはしけでその船の船底に積んで、わしらはその上に乗って逃げてきた。

船賃は、一人二円五十銭だっただろうか。十二歳以下の子どもや年寄りら鴎沢の六、七十人が乗ったと思う。当時は「民兵さん」といって、十二歳以上の男子は島に残る決まりだったが、私は十三歳だったけど父親が「健司、紛れ込んで乗れ」と言ったので、一番下のまだ三つぐらいの弟を背負って、人ごみに紛れて脱出船に乗った。

船に乗るところを「民兵さん」が銃を持って見張っていて、怖かった。あの時、誰が一緒に乗っていたのか分からない。自分のことだけしか分からないような状況だった。米百俵を積んでいて、大きな波が来たら沈没する恐れがあった。波が来る方にかじを切らないと危ないんだ。あの時もシケで結構風が吹いて、波は高く、命からがら、ようやくのことで稚内に上陸した。

父親は、少しでも荷物を持って来たいということで島に残った。次の日の夕方、ロスケが上陸した。暁丸はうまく鴎沢の湾の方に回って、父親らは結局、荷物も何も持たないで逃げてきた。稚内には三日ぐらいいて、あとは皆、てんでバラバラになった。父親は屋台もやる、船大工もやる、何でもやる人で、大工道具も一切持ってきたのが役には立った。はじめ、みんなで玉砕するといって爆弾を作ったりしていた。「北海道に行ったら、アメリカやロシアに針金で手のひらを刺して数珠つなぎにされて、どうしようもないことになる」といったデマが飛んでいたが、実際に北海道に行ったら、そんなことは何もなかった。「民兵さん」は海馬島の人も何人もいて、怖かった。でも、結局、この人たちも最後は逃げてきたんだと思う。

稚内から、留萌《るもい》の親戚のところに行った。樺太から留萌に向かっていた緊急疎開船が魚雷で撃沈された後で、一カ月も二カ月も死んだ人を引き上げることができず、その時も水腐れして浮いてきた遺体を針金で引っ張り上げていた。敷香《しすか》(樺太本島)にいたうちの親戚もその船に乗ったのではと言われていたが、その船は前部がやられたものの後部に乗っていたので助かったと聞いた。

一九四五年八月二十二日未明から早朝にかけ、樺太から緊急疎開する老人や婦女子を乗せた三隻の船が留萌沖で相次ぎ国籍不明の潜水艦による魚雷攻撃や砲撃を受けた。それぞれ七百人余が乗った小笠原丸と泰東丸は沈没し、三千六百人が乗った第二号新興丸も魚雷攻撃で破損しながら留萌に入港した。いわゆる「留萌沖の三船遭難事件」で、三船の千七百人以上が犠牲になった。後にソ連軍の攻撃と判明した。

大変なところをわれわれは生きてきたんだが、逃げて来た後は、海馬村《かいばむら》の高木村長が営林署の食糧を作るという名目で温根湯《おんねゆ》（北海道北見市留辺蘂町《るべしべちょう》）の開拓地を紹介してくれて、うちと蠣崎《かきさき》さん、河端さんとかで入植し、七町歩を開墾した。ここに住みついてなんとか七十年、やってこれた。

温根湯には樺太引き揚げ者が結構いて、海馬島出身者だけでグループをつくって何十年と仲良くやってきた、海馬島会も二回、温根湯のホテルでやったが、幹部連中も年をとって次々亡くなり、解散して十年以上。いま元気なのは、木村はるみさんとうちだけだ。

泡を食って逃げてきたんだ——佐藤 和夫

鴎沢出身・一九三〇年～・山形県酒田市在住。鴎沢の漁業、佐藤政雄の六人の子の一番上、長男として誕生。根っからの漁師で、引き揚げ後も漁師として働いた。

海馬島は、海の幸がいっぱいあった。昆布、バフンウニ、秋はスルメイカ、ホッケ、ソイ、カジカ、冬は、タラ、タコ、ノリ、フノリ、天グサ。時期になれば、岸から約二〇〇メートルぐらい沖合でスルメイカやタラなどがたくさん釣れた。

十四歳の時、終戦。鴎沢から稚内に、父母やきょうだい六人ともに、一五トンか二〇トンぐらいの漁業組合所有の発動機船で引き揚げてきた。その日、泊皿の方にロシアが上陸したと聞いて、泡を食って逃げてきたんだ。鴎沢を朝出て、昼間のうちに稚内に着いた。ナギの日で、所要時間はたしか五時間ぐらいだったか。

その後は、父母の出身地で親戚がある山形県酒田市に移

佐藤和夫さん

住した。

戦後もイカ釣りとか漁業を続けてきたが、漁獲がない時は苦しかった。

きょうだいはみな、子どもの時だったから（海馬島のことや、当時のことは）分からねえかも。一緒に引き揚げてきた人で（海馬島のことを）覚えている人たちは、みんな亡くなった。いろいろ話したいことはたくさんあるけれど、また手紙に書くので待っていてくれ。

タラやソイが釣れ、懐かしい――加路 静雄

鴎沢出身・一九三七年～・北海道利尻富士町在住。漁師の家の三人きょうだいの末っ子で、二男。


あそこは、四月半ばを過ぎるとタラとかソイとか釣れた。懐かしい。

小学校二年の時、父母と子どもたちと、どこの船か、小さな船で稚内に逃げてきた。うちの船は中央にあって（それには乗らずに）、河端さんのタラ釣り漁に使う大きい船が先に行って、小さい船が三つか四つか、（その河端さんの船に）引っ張られて来た。

浜から五〇メートルぐらい沖まで磯舟で行って、そこでその船に乗り換えた。うちの船より

ちょっと大きいぐらいの船で、船底に布団袋に入れた夜具を入れて、そこに寄りかかってきた。いいナギの日だった。昔の焼玉エンジンで、ポコポコ、ポコポコと、かなり時間をかけて稚内に来たと思う。

その日にちょうど、ロシアの船が海馬島付近に来たらしい。

あとから聞いた話だが、暁丸が海馬島の港に入ろうと向かっていた時、今まで岩もなかったところに黒く見えたものがあり、近づくとロシアの船だったので、すぐに鴎沢の方に回って、うちのものだけを乗せてみんな一緒に逃げてきた。

その後は、稚内に一カ月ぐらいいて、海馬島で隣同士だった山本という人の親戚が利尻にあったので、一緒に利尻に来た。

ここ(利尻富士町鴛泊)に、海馬島ではないけど樺太から磯舟で帰ってきた二人の男がいる。飛行機が飛んで来る度に(見つからないよう)海に潜ったと話していた。よく無事で帰れたものだ。逆に、樺太から逃げて来てシケで港に入れず、死んだ人がかなりいたようで、ここから四キロぐらい先の浜に打ち上げられた。

父母は水産加工場をやっていた――吉田 萬喜子

鴎沢出身・一九三八年～・北海道利尻富士町在住。「カネセ」の屋号で大規模な漁業と水産加工場を経営した河端家の八人きょうだいの下から三番目。女三人のうち次女。

祖父の時代に、利尻島から海馬島に渡った。利尻島の本泊《もとどまり》の家を、姉か妹に譲って出たらしい。

父母は、鴎沢でとろろ昆布とおぼろ昆布、それに、のしイカを造る水産加工場をやったり、発動機船を持って、若い人を使って、タラとかニシンとかスケソウダラを獲る漁業をやっていた。水産加工場は、鴎沢集落のうちでも浜の方にあった。

終戦は小学一年、数え八歳の時。うちの発動機船で、両親ときょうだいと、叔父さん方も戦争に行っていたのが帰ってきて、親戚の人もいて、二、三組の家族が乗り込んで逃げてきた。焼玉エンジンの船で。うちは鴎沢で米の配給もやっていたので、その米も積んで来た。

ナギの海で、いつ出て、いつ着いたのかなど、確かなことは何も覚えていないが、母の在所のある本泊にまっすぐ帰ってきた。昔、住んでいた家は道路整備にかかって、もう跡形もない。

海馬島は小さな島で、人が少なかったこともあって、海のものがたくさん獲れた。土地が肥えていて、ジャガイモでもかぼちゃでもよく育った。フキとかも、背丈よりも大きいのがあった。昆布やイカなどもよく獲れた。イカなどは、すぐ目の前の海で獲れた。

利尻に帰ってから、加工場はやめて、船を使ってニシンを獲ったり、漁業をしてきた。

祖父に海馬島の話をよく聞いた――山崎　照弥

一九五五年〜・小樽市在住。祖父弥作が海馬島鴎沢に移住して起こした海産問屋山崎商店の三代目社長。海馬村長でもあった祖父から島の話を聞いて育つ。

もう少し早かったら、まだ生きていて海馬島のことを話せる人が小樽にももっと居たと思うけど。私は生まれた時からここ(小樽)を動いたことがないので、海馬島のことは全く分からない。中学を出るまで、弥作じいさんから海馬島のことをよく聞いたが、それも四十五年以上も前のこと。弥作じいさんは、昭和五十二（一九七七）年に八十七歳で亡くなった。

私の父親（利秀）はとてもまめな人で、海馬島会の記念写真などはたくさんある。父親は海馬島会ではいろんな話をしたと思うが、書き残したものは何もない。ただ、父親が「嗚呼《ああ》 海馬島」という歌を望郷の思いを込めて作詞し、一般公募で曲を付けたレコードが、手元にまだ何枚も残っている。

父親は平成二十二（二〇一〇）年に九十歳で亡くなったが、本斗出身者の集まりにもよく行っていた。八人きょうだいの上から二番目で、次男。長男は昭和十七年にガダルカナルで戦死した。父親も出征して、昭和二十一年に帰ってきた。私が小学校のころは、ジャワとか南方の戦地で現地の住民に字なんかを教えたこととか、戦争の話をよくしてくれた。

弥作じいさんもそういえば次男で、十七歳の時に若い衆を何人か連れて福井を出て樺太に行こうとしたのが、船が難破して海馬島に着いたことで海馬島に居ついて、事業を起こした。

長男、次男が戦争に行ってしまったので、海馬島にずっ

山﨑照弥さん

といて、引き揚げ当時に山崎商店(の経営)をやっていたのは弟の利隆さん(一九二七〜一九九九年)。「今の山崎商店があるのは利隆のおかげ」と、よく父親が言っていた。

私も兄がいて次男。次男がずっと後を継いでいるというのは、不思議。

景色のいいところだった——山崎 美好

——鴎沢出身・一九三三年〜・稚内市在住。漁家に生まれた十人きょうだいの上から六番目で、四男。——

海馬島から引き揚げたのは、確か(昭和二十年)九月四日。うちの両親や兄姉夫婦、子どもたちも一緒だったと思う。利尻島から誰もいないと思ってか、海馬島に来た小さな漁船をチャーターして、稚内に上陸した。長男とは二十二歳も年が違い、きょうだいで一緒に食事をしたということもないが、引き揚げ時は長男夫婦の幼い子どもたちも一緒だった。

九月になるとシケの日が多くなるんだが、あの時は幸いナギの海で、難なく海峡を渡って上陸できた。ちょうどその日に、ロシア兵が隣の集落に来たとあとから聞いた。

海馬島は、利尻島はもちろん、礼文島よりもずっと景色のいいところだった。高山植物

昭和８年、山崎漁場網降ろし

があって、花もいっぱい咲いていた。小学校六年までいただけなのでよく思い出せないけれど、学校の勉強なんかはそっちのけで鴎の卵を獲りに行ったり、魚釣りに行ったりしたことを思い出す。

家は漁師で、昆布、ウニ、イカ釣りなどをやっていた。

母親の本家は発動機船を持って大きく事業をやっていた鴎沢の山崎商店で、母親は山崎商店を創業した弥作の姉にあたる。女三人姉妹の末っ子で、秋田県出身の婿をもらって鴎沢集落の内で分家した。

昆布採りの季節には大沢の番屋に行ったり、長浜の番屋にも行った。俺は子どものころで大した手伝いもしていないが、大沢に行って昆布を背負って運ぶ手伝いをしたような覚えがある。

俺のすぐ上の兄は忠という名で、徴兵検査を受けて海軍に出征し、戦艦「長門」に操舵手として乗っていた。横須賀に復員してから、漁師の経験も浅いのでしばらく家に来て一緒に仕事をしたこともあったが、平成二十一年に九十歳で亡くなった。いま元気なのは私一人。稚内に引き揚げてからもずっと、昆布やウニ、タコ、ナマコなどを獲る漁師で生きてきたが、足を傷めて八年ほど前に辞めた。

いま、もし海馬島に行けたとしても、あんな道路もないようなところでこんなに足が悪くては歩けないな。

樺太引き揚げ者に尽くす——佐藤 喜市郎の妻・みよ

佐藤喜市郎（鴎沢に一時在住、一九二四年ごろ～二〇一三年）／妻・みよ（一九二七年～・北海道佐呂間町《さろまちょう》在住）

主人の喜市郎は、三年前に九十歳で亡くなりました。

主人の父親（佐藤由吉）の本籍は新潟で、きょうだいが何人もいるからあちこち転々としましたが、主人は青森で生まれて北海道の枝幸《えさし》にいて、小学校一年か二年のころに海馬島にいました。その後は再び枝幸に戻り、本籍を新潟県に移して二十一歳で軍人になり、満州（中国東北部）へ行った。終戦で両親の待つ佐呂間に落ち着き、私と結婚して子どもが二人できてから道警（北海道警察）に入り、三十年間勤めて退職しました。それからは毎日毎日、樺太引き揚げ者の名簿作りに専念して、平成二年に四十八人を誘って樺太へ行ってきました。

海馬島東海岸の風景

海馬島には小学低学年の頃、少しの間住んでいただけですが、昔を懐かしむ人で、景色がよかったなどと海馬島のことばかりをよく話していました。大きな海鳥の卵がおいしかったことや、植物のきれいだったことなど、いつも話していました。もう一度行ってみたいと言いながら結局、実現できませんでした。

私も青森出身で、二歳の時に樺太の大泊に移り、二十歳で終戦でした。昭和二十（一九四五）年の八月二十日、たった一人の兄が自分の船に私たち家族を乗せて稚内に密航した。シケで途中で飛び込もうかと思ったくらいですが、何とか稚内に着いたんです。

兄は、親戚の人を迎えに行くためにその船で大泊にとって返したところでロシア兵に見つかって、船を奪われてしまった。足のももに銃弾を浴びたが、なんとか山に逃れたそうです。

医者もいないので傷を放置していましたが、十二月三十日に、川崎船の漕ぎ手の一人として乗り込んで、再び本土に密航して来ようとした。だけど、その船に乗った人は全員が行方不明になって、誰も見つかっていません。荷物を積むのを手伝ってもらったという親戚の人が乗った船は一月一日に稚内に上陸しましたが、兄の船は来ませんでした。

第3章　港があった村の中心部
——二区（南古丹・北古丹）

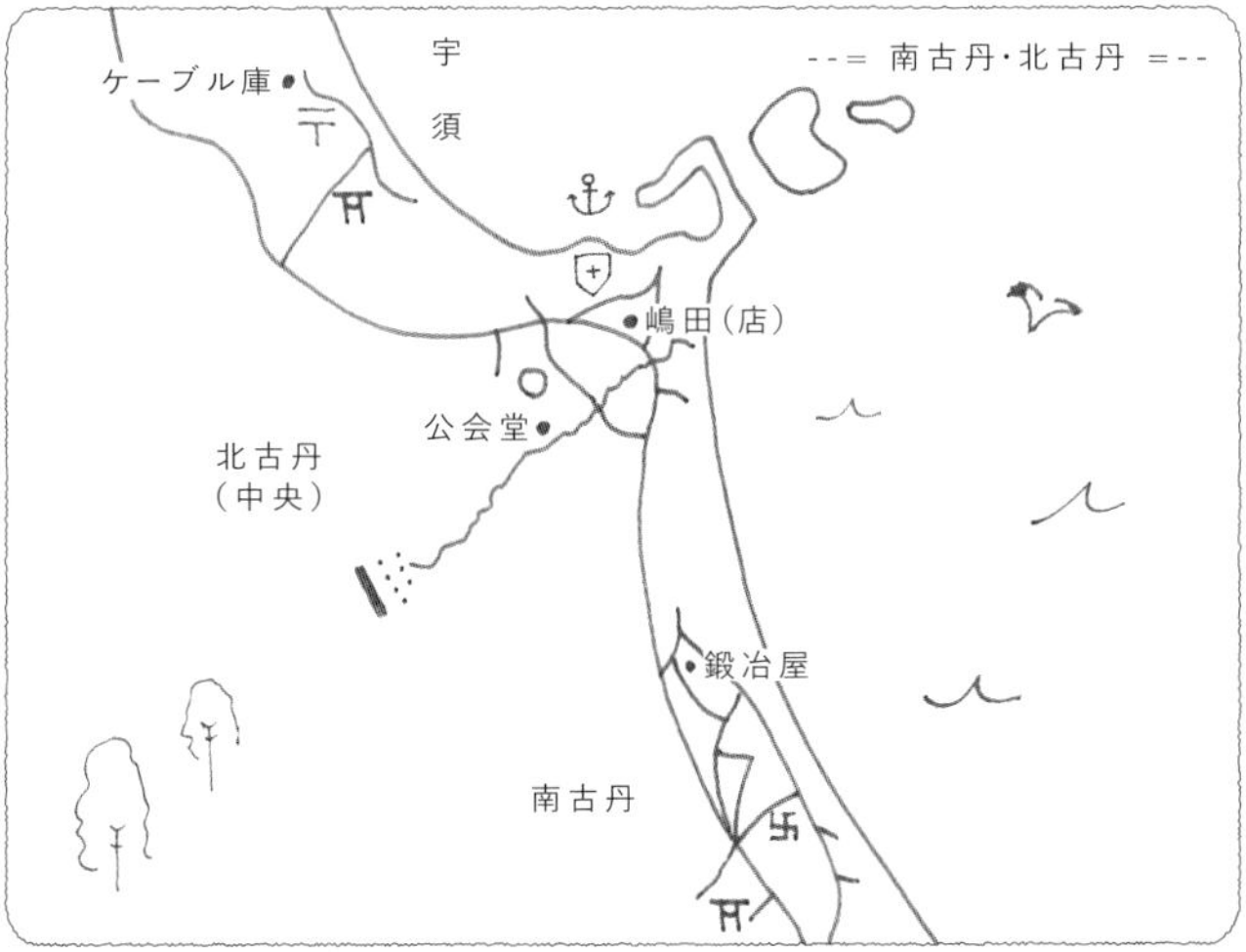

話したいことがいっぱいあるんだ——前田 直

南古丹《こたん》出身・一九三二〜二〇一三年・札幌市在住。二〇一〇年八月、電話取材に海馬島《かいばとう》引き揚げ時の緊迫した状況を生き生きと元気な声で話していたが、三年後に急死。

八月十五日（一九四五年）のあと、海馬村《かいばむら》の在郷軍人が「海馬島はロスケが攻めて来ても最後まで戦う」と騒いだ。離島で本斗《ほんと》とも連絡が取れない中、村長は一刻も早く北海道に引き揚げようと一生懸命やってくれたが、山の上で縛られてしまった。そのままごろごろ岩場を転がって海に落ちて、三日ぐらい行方不明のようだったが、海を泳いで洞窟に隠れ、様子を見て戻ってきた。

私らは八月二十七日か二十八日ごろ、うちの発動機船で稚内に引き揚げた。発動機船は五隻ぐらいしかない。大きい船を先頭に、小さい船をロープでくくって船団を組んで稚内にかったたが、大きい船のスクリューが落ちて航行不能になったので、小さい船が引っ張っていった。昼前に海馬島を出て、次の朝には稚内に着くはずだったが、宗谷《そうや》海峡は流れが速く、どんどん流されて二日半かかった。うちの発動機船は大きい船と切り離して稚内に単独で助けを呼びに行った。大きい船は猿払《さるふつ》沖まで流されたようだが、それでも稚内近くになっていたので助かった。

引き揚げは二区が一番早く、ロスケはまだ来ていなかったので見ていない。本斗と海馬島を結ぶ定期航路の暁丸が稚内に引き揚げていて、父親はいったん海馬島に戻った。二回目に大きな船を頼んで海馬島に行ったらロスケに捕まって、半月ぐらい帰って来られなかった。

九月になって、大きい船を頼んで海馬島に行った時、中央にロスケが十二、三人いた。彼らは長ネギにみそを着けて食べるのが好物で、島の人と連絡を取り合い、酒を飲ませて酔っぱらわせて、その間に父を迎えに行った。

チャーター船は何度もつかまったり、撃たれたりしたようだ。何しろ引き揚げても食料難で、海馬島の港の倉庫の備蓄米を取りに行ったり、布団を取りに行ったり。私も二〜三回は行った。

海馬島のことは体験者しか知らない。脱出してくる時などまさに劇的で、もっと話したいことがいっぱいあるんだ。

みんなで自決しようと壕へ——木村　はるみ

南古丹《こたん》出身・一九二四年〜・北海道北見市在住。父は山形県から海馬島に開拓に入った漁業者。十一人きょうだいのうち、二人は早逝。上から三番目の長女で、兄弟はすべて男性。

長兄は海馬島の郵便局長代理という立場にあって早くは逃げられず、次兄は樺太《からふと》に出征していてシベリア送りになり、戦後しばらくしてげっそり痩せて舞鶴に引き揚げてきた。海馬島に父母と私と弟六人が残され、終戦になってもロシアが攻めてきて、家族はあっという間にばらばらになってしまった。

私が生まれ育った南古丹という集落には十五軒しかなかったけれど、みんな仲良しで、お寺や鍛冶屋があった。海にトッカリ(アザラシ)が来るので〝トッカリ村〟と言ったり、酒好きが多いので〝とっくり町〟と言ったりもした。私はトッカリは食べたことはないが、日本海を回遊するクジラは冬、海馬島の浜にも来た。

流氷に追われて逃げられなくなったクジラを獲って食べたことがある。戦時中には、働き盛りの男の人は兵隊に行き、残った女や年寄りだけでは大きなクジラを動かせないので、大きなのこぎりで切ってみんなに分け、正月の縁起物のクジラ汁なんかにした。

ニワトリは各家で飼っていた。五月にはケントウガモが海馬島に卵を産みに来る。夕方、暗くなったころに餌をくわえて帰って来る親鳥が岩にぶつかって死んでいるのを羽だけむしり取って肉を食べたり、卵を食べたりした。カモメは烏帽子《えぼし》岩や中ノ島にいっぱいいたが、夏季に卵を産むので、卵を取りに行ってゆでて食べた。北海道には無いような山菜もいろいろあって、ケントウガモやオロロン鳥など何十種もの鳥がいっぱい来た。

いつだったか、海馬島を観光地にしようということで、日本の飛行機が高山植物なんかを観察に飛んできたことがあるが、その飛行機が馬山岩《まさんいわ》付近で煙を出して海に墜落し、二人のパイロットが死んだ。島の人が遺体を上げてきて、お寺で四日ぐらい見守った。

大沢の望楼台にあった監視所に海軍の兵隊さん五人が寝泊まりしていて、時々慰問に行った。望楼台からは、樺太や北海道も見えたし、いろいろな国の船が何十隻と通るのが見えた。日本の船でないことは船の形を見ていると分かる。爆雷でやられた船が浮いていたり、人がいないところ

木村はるみさん

まで行って爆弾処理する船とか、さまざまな様子が見渡せた。

戦地に向けた慰問袋もたくさん作った。おぼろ昆布やスルメ、ウニを乾燥したおやつなどを入れた。

私は灯台の台長の奥さんに毎日、裁縫を習っていた。終戦間近になると「裁縫なんかやっている場合じゃない、竹やり訓練だ」と兵隊さんに言われ、毎日、先を斜めに切った竹やりでわら人形を突く訓練をやった。

男の人は戦争に行く、女の人も、隊長さんの命令で兵隊さんに教わって「首を突け！」「胸を突け！」と号令を掛けて練習した。竹やりの先が傷んでくると紙やすりをかけてとがらせた。私の家は、南古丹のうちでも中島港に船が着いて、伝馬船で島に上がって、がけを上がってくるところにあるので、本気で突き殺す気で、真剣にやりました。

終戦で、もう終わったと思ったら、その後が大変だった。ロシアの飛行機が家の屋根の上までどんどん飛んで来た。怖くてお寺のそばの防空壕に逃げ込んだ。「ドーン、ドーン」と空砲が鳴った。もし抵抗していたら、ロシア兵が上陸して地上戦が行われた樺太西海岸の真岡《まおか》のように爆弾を落とされていたかもしれない。

望楼台の監視所の兵隊さんを海軍の船が迎えに来た時、私らも一緒に引き揚げることになって一人一個の荷物を持って波止場に行ったが、長い刀を下げた、島で一番偉い兵隊さんが「ダメだ」と言った。兵隊さんが村長さんをロープで縛って、私の目の前で大きな刀を振り回して「その船に乗ったら、村長を切るぞ」などと言って脅した。私は殺されると思った。結局、殺されずに済んだが、怖い目にあった。

結局、海軍の兵隊さんだけがその船で本土に引き揚げ、私ら島民は乗ることができず、やむなく家路についた。あの時ならだれも死なずに済んだだろうし、私も親と一緒に引き揚げることができたのに。

海軍の宗谷防備隊は緊急徴用した善宝丸にはしけ二隻を引かせ、海馬島を往復させた。見張り所の撤収と同時にできるだけ多くの島民を引き揚げさせる予定だったが、残留を強硬に主張する者が主導権を握っていて、結局、見張り所要員と若手の（陸軍）特設警備隊第308中隊員が乗船したのみだった（『稚内百年史』より）

やがて目の前の海に人やいろんなものが浮くようになった。ある朝起きたら、海に女の人の死体や荷物がいっぱい浮いていた。もう間違いなくロスケが来るとなった日。お寺の坂

北古丹の海

の防空壕に、港を造った時の発破の爆薬を入れて、夜十二時に集団自決しようとみんなで入っていた。

そうしたら村長さんが回ってきて、「いま、船を用意してあるから逃げてくれ」と言う。沖の三島《さんしま》の陰に磯舟が隠れていた。船は中島港という波止場まで行かないと乗れなかった。引き揚げ船に乗れるのは十二歳以下の子どもと女だけということで、うちは私と五歳、七歳、九歳の弟三人と母と五人で乗った。終戦の一週間前に赤ちゃんが生まれた家では、赤ちゃんの泣き声でロスケに見つかるので、「海に捨てよ」と言われたりしたが、そんなことができるはずもなかった。みんな、よく生きて帰れた。

船は八月二十六日に出たと思うが、着いたのは九月四日だっただろうか。船は途中で故障し、もう一隻の荷物を載せた小さい船には船長と十五歳の弟の二人が乗っていて、故障した大きな船を引っ張ろうとしたけど流されて無理なので、切り離して先に稚内に行って助けを呼んだが、（私たちの船は）漂流して、どこに行ったか分からなかったということだった。
二百十日のころで。海は荒れ、吐いたり、垂れ流したり、船に酔って、何も分からない、ひどい格好だった。「なんまんだぶ、なんまんだぶ」と、北古丹の嶋田さんのお母さんは念仏を唱えていた。
私は、死ぬこととか、もうだめだというところに追い込まれることは少しも怖くなかった。皆さんと一緒に沈んで行くのであれば怖いとは思わなかった。何日流されたのか、なんとか稚内にたどり着いた。母親は船酔いで歩くのがやっと。稚内に四日いて、父親の親戚がある山形に着いたのは十日後ぐらい。二人の弟と父は島に残った。私たちが逃げた次の日にはロスケが上陸し、島に残った者は抑留された。

樺太は一九四五（昭和二十）年八月十五日の「終戦の詔勅」以降も砲火にさらされ、「自衛戦闘」が続いた。十八日に大本営より全日本軍戦闘部隊に停戦命令が出されたが、ソ連軍は真岡への艦砲射撃、上陸（二十日）、樺太の首都豊原への進駐（二十三日）、大泊上陸（二十四日）と猛攻を止めず、日本軍は各地で徹底抗戦。樺太全日本軍の武装解除完了は、ようやく二十八日のことだった。

稚内から山形に向かう途中、函館で夜中に幼い弟たちを連れて船（青函連絡船）に乗った時のことは忘れられない。弟の一人がはぐれてしまった。津軽海峡の真ん中で、せっかく怖い目をして何とか連れてきた九歳の弟がいないことに気付いた。函館港は引き揚げ者と兵隊でぎっしり隙間もない状態で、手をつないでいたのが離れてしまった。係りの人に事情を話し、青森の桟橋で待っていたら、三便ぐらい後の船で、船員さんに手を引かれて弟が泣きながら降りて来て、ほっとした。

防空壕に行ったその足で海馬島から逃げてきたので、一文無し。何も食べていないが、弁当を買うお金もない。青森駅で兵隊さんがごはんを炊いているところがあって、弟二人が「腹が減った、腹が減った」と泣いたら、見たこともない兵隊さんが飯盒《はんごう》ごとご飯をくださった。どこの誰かも聞かず、お礼も言わずに来てしまったが、助けてもらったことは忘れられず、誰かに話をしたかった。

山形では、最上川べりにある余目《あまるめ》の親類の家で世話になった。闇米運びに弟二人と出たが、最上川を渡る渡し船の船賃もないので線路の橋を渡っていると汽車が来て、鉄橋にぶら下がった。弟二人は静岡まで闇米を運ぶのを頼まれ、摘発が怖くて機関室の屋根の上に乗ったので、トンネルだらけで真っ黒になった。翌年、ハタハタが獲れるころ、五十川《いらがわ》炭鉱（山形県鶴岡市）に行けば社宅があるし、着換えもあるということで弟二人と行って働いたけど、坑内の爆発事故がしょっちゅうあって怖かった。昭和二十四年に海馬島の人たちが入植していた留辺蘂《るべしべ》(北見市)の開拓に入って温根湯《おんねゆ》に落ち着いた。

父親が引き揚げたのは昭和二十一年秋ごろか。おそらく本斗に連れていかれ、そこから密航脱出してきたのだと思う。稚内からいったん海馬島に戻った十五歳の弟は、灯台にいた弟や大人たちと一緒に、ロスケにお酒を飲ませて寝入ったすきに逃げてきたが、十二歳の弟と近所の山岸さんは、目を覚ましたロスケが撃った鉄砲の音に驚いて船を降りてしまったので一緒に帰れなかった。

山岸さんと弟はその後、峠を越えて泊皿《とまりざら》に行って、一人で残っていた学校の先生にご飯を食べさせてもらったりして、そのうちなんとか逃げてきたと後から聞いた。山岸さんが弟を余目まで送ってくださったので、たいへん助かった。

すぐ下の弟は、十五歳で豊原(樺太本島)に行って無線技士の資格を取り、海馬島の長浜にあった灯台に勤めていた。十八歳で海軍に志願し、昭和二十年九月二日に出征することになっていたが、終戦で行かずに済んだ。

故・木村繁良さん

父親や下の弟らもやっと余目で合流した。とにかく家族みんなばらばらで、みんないつ、どうやって引き揚げてきたのかもよく分からない。

夫は鴎沢《かもめざわ》出身で、名は繁良。兵隊に行っていた本斗で終戦を迎えて引き揚げ、温根湯で魚屋をやっていた。その夫に先立たれてもう四十八年になる。

近くに住んでいて、よく海馬島の思い出話をした弟も、ついに認知症になってしまった。もう誰とも海馬島の話ができなくなって、寂しい。

そうは覚えていないんだ――山岸 芳美

南古丹出身・一九三三年～・札幌市在住。一九九二年、戦後初めて海馬島に墓参ツアーで里帰りを果たした元島民の一人で、撮影したビデオ「47年ぶりの海馬島」を同郷の仲間に配った。

海馬島にいたのは、何しろ子どもの時だったから、そうよくは覚えていないんだ。親父やおふくろが引き揚げてきてからよく話していた海馬島の話は、耳にタコができるくらい聞いた。並大抵の苦労でなかったとは思うが、子ども心には豊かな生活だったと思う。

親父は、留萌《るもい》の五十嵐《いがらし》億太郎という人の雇われで、北海道から海馬島に渡り、あの人の漁場で修業して独立した。海馬島の人は、九割がたは漁師だ。網元がどこというのでなく、みんな自営の漁師でやっていたと思うよ。

小学一年生か二年生のころ、親のイカ獲りに一緒によくくっついて行った。二月、三月の寒い時のタラ漁も、一緒について行かされた。大変だった。まあ、力仕事といっても子どものことだから、そうたいしたことはないんだけどね。楽しいことは楽しいんだけど、寒いので参っちゃうんだ。それで、イカ獲りで獲ってきて針の数だけついているイカを子どもの手で一つずつ針から外し、大人の人が背割りをして干す。それを本斗から船で買いに来るんだ。

山岸芳美さん

ある時、親父がカラスの子を三つぐらい山から獲って来て、大きな箱に戸を付けて飼っていた。子どもはまだ餌をとれないので、親が餌を取って来て食べさせたり、夜になれば戻ってきて口で戸を開けてちゃんと中に入っている。三羽いた子どものうち二羽は一年ぐらいで自立したけど、もう一羽はどこにも行けず、野生化しない。それではということで箱を取っちゃったんだが、かわいいもんだね、ちゃんと家の前に戻って来るんだ。それは今でもよく覚えているよ。

海馬島から北海道に引き揚げてくる時は、私らは母親と一緒だった。終戦になってもまだ飛行機が来て、爆弾を陸には落とさないけど海に落とした。怖かった。飛行機が来ると防空壕に逃げた。われわれが引き揚げて来た時は、船は二隻でした。どこの船だったかは知らない。稚内に来たが、途中で一隻の船のスクリューに網のようなものが絡まって動かなくなり、もう一隻を引っ張ってきたんだ。寝たり起きたりしているからよく分からないけど、十時間か二十時間か。朝出て、次の朝ぐらいまでかかったのではないか。船はそれぞれの集落ごとにチャーターしてきた。

南古丹というところに住んでいたんだが、ロシアの兵隊は見ていない。親父らは最後の方に引き揚げてきたから見ただろうが。最後の方と言ってもそんなに合い間なく、北海道から行って米を積んだりなんかしてくる船にうまく乗せてもらって帰ってきた。稚内から海馬島に行った船の目的は、物を取って来るというもの。それに便乗させてもらって、早く帰ってきた(九月中には)。ロシアの兵隊に酒を飲ませて酔っ払わせ、その隙に逃げてきたという話はよく聞いた。

稚内におじさんがいて、そこを頼って行ったけど、そう長くはおれない。母親の実家が山形県酒田市の隣の余目というところにあるので、そこを頼って子どもたちだけ行った。私が小学五年の時だった。

兄は海馬島会の初代会長だが、兵隊に行ってシベリアで捕虜になって三年か四年後に帰って来たが、食べるものも食べられず栄養失調状態で、働ける状態ではなくて、二カ月ぐらい病院にいてようやく良くなったが、苦労したらしい。

陸に上がってもめまい――今野 邦

南古丹出身・一九三三年〜・小樽市在住。きょうだい十人と子だくさんの漁家で、上から四番目の次女。子守りをしながら、夏の暑い日にウニ割り、昆布干しと、家の手伝いをした。

終戦になり、島から北海道に逃げるとき、父親が船頭で女、子どもが十二、三人乗り、機雷の浮いているところを避け、八時間ぐらいで着くところが三日がかりで稚内に着きました。大変だったことが今でも忘れません。

海馬島は漁師町で、南古丹に家は十五軒。お寺や小さなお宮もあった。夏になると、浜の家の方に降りた。浜の上の細い道路を、四十分か一時間ぐらいかけて学校に通った。小さな学校で教室は三つぐらい。複式学級で、うちはきょうだいが多いので、たいがい、一つの教室に私のきょうだいが二人はいた。島に灯台があって、灯台の人は異動で換わってくるけど、私が小学二年か三年の時に転校してきた同級生がいた。

引き揚げた時は、四年生だった。弟の守りをしながら来たように記憶している。稚内に逃げてきた。ポンポン蒸気の小さな船で。船に乗れるのは女子と小学六年までの男子と女子ということで、私と母親と姉と……、下は赤ん坊だった妹までが乗り、兄二人は島に残った。

昭和二十年の八月下旬ごろだったか。機雷が海にいっぱいあるやら、船が潮に流されるやらで、三日か四日か、一週間ぐらいもかかったのだろうか。

私は〝ゲーゲー〟と吐いたり、半分めまいがして、生きているんだか死んでいるんだか分からないような状態で、よく覚えていない。陸に上がっても一週間ぐらいめまいがしていて、何も食べられなかった。

父親はそのあと、男の子らを迎えに島に引き返したが、ロシアの兵隊に捕まって、「女の子は誰もいないが、どこに行った？」とか、なんだかんだと問い詰められたと聞いた。それでもまもなくして兄二人とみんなで一緒に引き揚げて来て、やっと家族が合流できた。

稚内では倉庫に入れられ、荷物の上で寝た。その後、ただでどこに行ってもいいという国鉄の切符をもらったけど、父親の弟がいる小樽に来て落ち着いた。

懐かしいけど行く気はしないね――嶋田　富士子

北古丹出身・一九三三年～・小樽市在住。嶋田商店の三人娘のうちの末娘。米、みそ、しょうゆ、砂糖、酒、たばこ、菓子、果物、呉服、瀬戸物などを売る店の仕事を手伝う。


うちは旅館をやっていたけど、私たち子どもができるころにはやめていた。広い家で、元旅館だったところは「離れ」と言っていて、島で一番の山の上から流れ落ちる滝からも近かった。滝から流れてくる渓流に架けられた橋を渡っては、片道一里（約四キロ）を歩いて一区の鴎沢にある小学校に通った。

母親の実家は三区の泊皿で、祖母の家に何度も行ったことがある。峠を越えるところにキバナシャクナゲがいっぱい咲いていて、とてもきれいだった。いろいろな高山植物がたくさんあったし、コゴミ、ウド、フキなどの山菜もたくさん採れた。

海馬島は「樺太八景」の一つに選ばれている。ニシンも獲れたけど、ウニとかタコとか昆布とか、何しろすべてのものの宝庫だった。夕方になったら岸壁にツブ貝が海面近くまで上がって、子どもでもタモですくって獲れた。タコを獲る時には独特のやり方があって、浅瀬の海の中で頭をひっくり返すの。そうやって私も手づかみで獲ったときもあった。

港の先の中ノ島には、潮が引くと歩いて渡れた。大きな石をはがすとアワビがどっさり付いていた。ゴメ（カモメ）の卵も獲れた。私は、ナマコを獲ろうとして頭から海に落っこちたことがある。（港の）新しい方の岸壁では、ガヤ（メバル）がどんどん釣れた。きれいな海だから、魚が泳いで来るのが見える。ホッケも群来《くき》て来て、すぐ上の姉と二人で餌を付けないでもどんどん釣れた。

山に行けば、紫色に熟した桑の実をよく摘んで食べた。唇を紫色にして。野生の桑で、おいしかった。道路際には野イチゴがあって、これも摘んで食べた。勉強どころじゃなかった。島にはキツネがいて、夜釣りをして後ろに魚を置くとよくキツネに獲られた。父と私と二人で銀狐のえり巻をして正月に役場にあいさつに行ったら、犬にほえられた。島には猫がいたが、山猫なんかはいなかった。

引き揚げたのは小学六年の時。昭和二十年の八月十五日が過ぎてからも、ロシアの飛行機が飛んできた。走って防空壕に行くという決まりが次第に緩くなり、戦時も最後の方になると少し離れたところにある防空壕まで走って行くのが面倒になって、店の地下にある、商品のバナナとかを入れておく室《むろ》の中に入った。

ロシアの兵隊は、私は見ていない。逃げて来る時に私たちが乗ったのは小さな漁船で、四時間ぐらいで来るはずのところが何日もかかった。宗谷海峡を枝幸《えさし》の方まで流されたようで、紋別《もんべつ》の辺りで陸を歩いている人に船から合図して（漂流していることを）知らせ、やっと曳航《えいこう》してもらって三日目ぐらいに（目的地の）稚内に着いた

昭和前期の中央地区

ようだ。

私は船の甲板に座ったきりだった。顔が片側だけ日焼けした。変な話だけど、船で大便をした記憶がない。おしっこは空き缶にして海に捨てたんだけど。漂流したのは私たちが乗った一隻だけ。あれは八月下旬ごろで、稚内に着いたのは九月一日だったのかなあ、よく覚えていない。

嶋田富士子さん（左端）一家

稚内に着いて、大きな倉庫で一晩寝て、朝起きたら、父親がぱっとそこに立っていた。男の人は最初は船に乗れなかったので、もう会えないかもしれないと思っていたが、次に海馬島に来た船の船長が父親の知り合いで船長室に入れてもらい、沖に出てから顔を出した。父親も着の身着のままで逃げてきたんです。
お店の取引は樺太信用金庫だったので全部だめ。郵便局だったらすべて助かったのに。いい経験をして、ひとつ利口になりました。
戦争はもう嫌。無い方がいい。いつまでも平和であってほしいという気持ちです。

お茶碗を放り出しタコを獲りに――小甲 フミ

北古丹出身・一九二八年～・北海道北斗市在住。漁業者清野政吉の七人きょうだいの三女。海馬島の石ころだらけの浜を走るのが得意。海馬島郵便局に勤務。

家の台所でお茶碗を洗っている時、タコが（磯に）上がって来て、お茶碗を放り出してタコを獲りに行った。花がいっぱいで、まずきれいな島だった。岩がいっぱいあって、オロロン鳥やカモメとかの鳥の卵を取りに行った。ケントウガモの卵も取って食べた。

引き揚げは、いつどこを出たのか覚えていないが、稚内に着いた。

字（習字）を書くのが好きで上手だったから、ジジ（父）から清野の表札を書いてくれと頼まれて、書いて玄関に飾ったもんだ。ジジに「うまいなー」と褒められた。

ジジは働き者で、街（豊原か）に出稼ぎに行って、帰りにはお土産にアヤコ（お手玉）を買ってきてくれた。うれしかった。その当時、珍しいオルガンをジジが買って来て、ジジが弾いて聞かせてくれた。

島には観光客がたくさん来ていた。母さん（私）も、旅館に客が泊まった時には（郵便局の仕事が終わった後に）手伝いに行ったこともある。

いい島だった。海もきれいで、磯にタコが上がってくるのが見えるんだよ。磯へ走って行って獲ったもんだ。

そのとき、磯に何かの技師らしきおじさん二人がいて、「ネエちゃん、ここはいい島だな。なんでも沢山獲れるもんな、宝の島だな」と微笑んで語っていた。「そうだよ、ウニもアワビも、鳥の卵も獲れるんだよ」と、母さんも自慢げに言ったものだ。

家の前の浜が白く濁った時は、ニシンだ。ニシンが来たしるしだったよ。家の近くにニシン小屋もあった。のぞいてみて、ニシンの山にびっくりした。間口二間ほどの小屋の、高い天井にまで届くほどにニシンがびっしり納まっていた。一番底になったニシンから魚油の脂が外まで幾筋もしみ出ていたのを覚えている。それほどにニシンも獲れたんだよ。

ナマコもたくさん獲って、天日で干した。高く買い付けに来てくれるんだもの。いいホッ

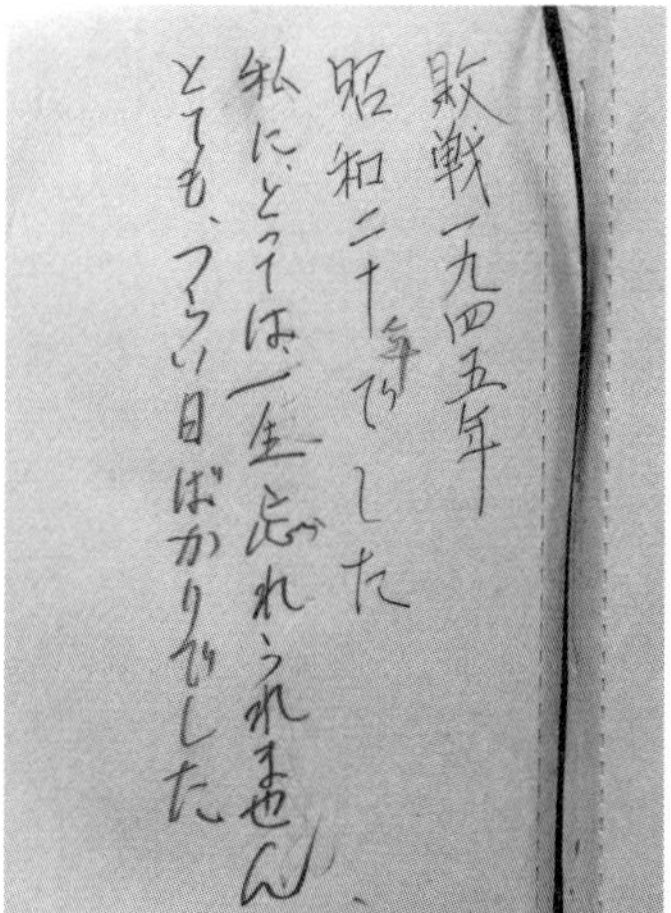
敗戦一九四五年
昭和二十年でした
私にとっては一生忘れられません
とても、つらい日ばかりでした
小甲フミさんの手帳から

海馬島東部の海岸線

ケも、イカも獲れた。自分でも漁がおもしろかったので、一人でよく磯舟を漕いで魚を獲ったもんだよ。

戦後、函館に来て、結婚して、亡くなった父さん(夫)と近くの大沼公園へ遊びに行ったとき、貸しボートで父さんを乗せて漕いでたら、「母さん、うまいな」と笑って褒められたこともあったよ。笑っちゃうね。昔(海馬島で)取った杵《きね》柄《づか》だよ。

これでも、若いころは島の郵便局で働いていたんだ。頼まれれば電話の交換手の仕事もしていたんだよ。

ほんとに、漁もあり、卵も取れ、畑ではほうれん草も作り、何の不自由もなく、幸せに過ごしていたんだ。小学生のころ、冬は親の作ってくれたスキーで通学したり、お遊戯会には母さん(母)が作ってくれた洋服で踊った。正月にはジジが大判焼きを作ってくれた思い出もある。

海馬島は、なんも寒くはなかった。マントルという、今で言う床暖(房)のようなものもあったんだ。木を燃やして、その熱で床も家の中も全部暖かかったんだよ。夏のうちにジジが浜に流れ着く木を小屋に貯めておいて、それを冬に燃やしていたんだから。

朝鮮の人や秋田の若い女の人も、絣の着物に赤い帯を締めて島に働きに来ていたよ。すごく、めんこ(かわい)かったよ。

第4章　取り残された集落
——三区（泊皿）

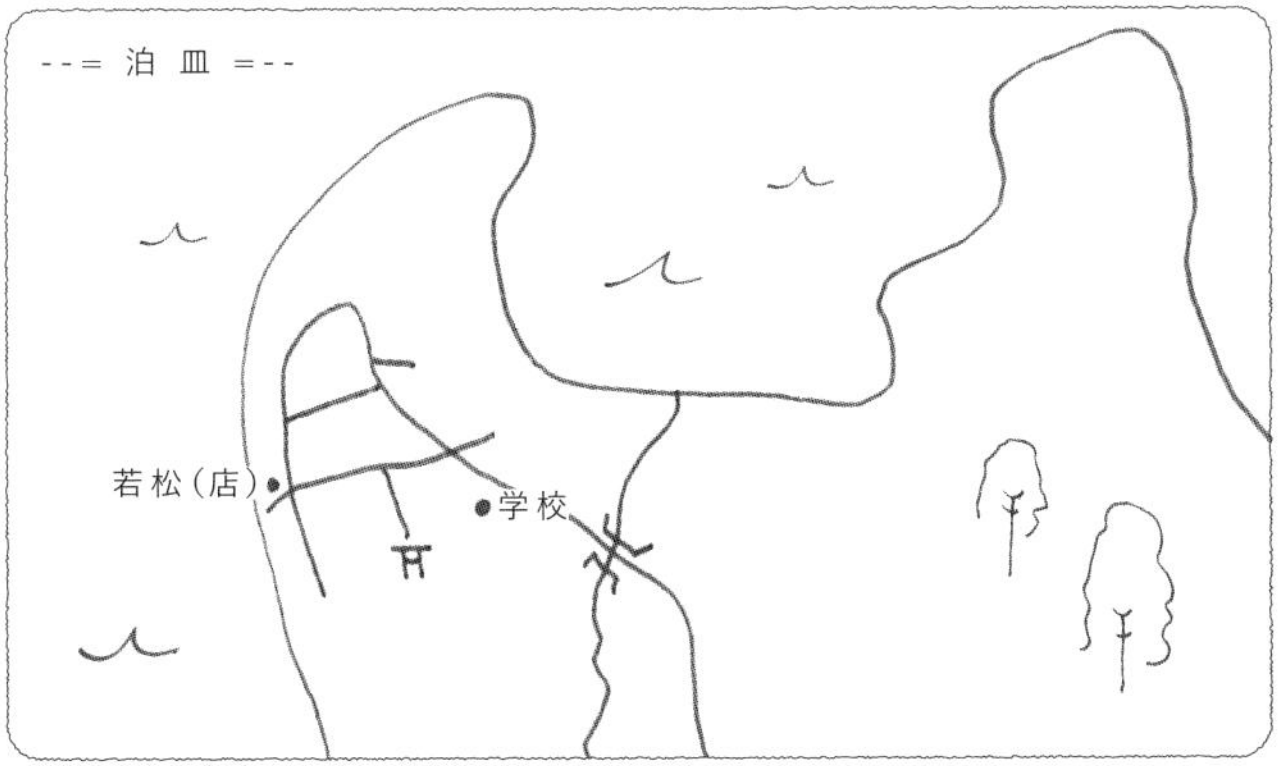

トドシマゲンゲを見に行った――若松 慶子

泊皿《とまりざら》出身・一九三五年〜・稚内市在住。食品や衣料品、日用雑貨などの商店も経営していた小規模漁家に生まれた五人きょうだいのうち、長女。

父親は体が弱い人で、磯舟で櫂《かい》を漕いだりすると無理するからということで小さい発動機のある船で漁をする傍ら、日用雑貨の店もやっていた。泊皿には、うちより規模が小さい、駄菓子などを売る店もあった。うちでは昆布やウニを獲っていた。また、近所の人たちに大勢、手伝いに来てもらって獲ったニシンをシメ粕にしたり、イカをスルメに加工して樺太《からふと》本島に送っていた。冬は岩場に着く岩ノリを採って佃煮にした。

島に写真館は無かったが、流しの写真屋のような人が時々来て、出征する人の写真を撮ったりしていた。大きな薬箱を担いだ薬売りの人も来て、その人が持ってくる紙風船をもらうのが楽しみだった。夏になると決まって金魚売りの人が来て、ホオズキを持って来てくれた。この人たちはどこから来たのかは分からない。正月は家族一人一人に口取りが付き、タイも付いた。正月やお祭りには着物、お盆には浴衣を着た。盆踊りはあったようだ。

泊皿の一階山《いっかいやま》の上に監視所があって、父親は監視所の所長と言われていて、毎日、一階山に行っていた。私も兄に誘われてリュックに差し入れの水を瓶に入れて持って行ったら、兵隊さんが二、三人いて、「いやあ、よかった。いま、水を汲みに行こうと思っていたところだ」と言って、一人の人が水を受け取り、もう一人の人が私と兄の手を引いて高いところへ連れて行ってくれて、双眼鏡で眺めを見せてくれた。ずーっと海馬島《かいばとう》が見渡せた。

兄は私より二つ年上で、吉雄といった。四年前に亡くなったが、子どもたちに昔の海馬島の絵を十枚描いて残した。戦争ごっことか乱暴な遊びは嫌いで、本を読んだり、私をどこにでも連れていってくれて、二人でよく花を見にいったりした。トドシマゲンゲは私の一番好きな、海馬島だけにしかないという花。大野湾の浜のあたりのガンケワラ(崖)の危ないところに固まって咲いていた。ハマエンドウほどの大きさで、花は紫色のような、ビロードがかった感じ、葉っぱはちょっと白っぽかった。

一階山を少し上がったところには、赤い提灯花があった。この花はレブンアツモリソウだと言われていたが、白い花でなく赤いチューリップのような花だった。ガンビ坂

若松慶子さん

へ上がっていく途中の窪みにはシロツメグサが一面に咲いていた。オダマキ、エゾエンゴサク、エゾカンゾウなどもあったし、人の行けないところに見事に咲いているシャクナゲもあった。島にはいろんな花がいっぱい咲いていた。終戦の年には笹の花が一斉に咲いた。

泊皿の大野湾の浜に、タラバガニの缶詰工場を造ろうとした跡があった。母親が小さいころ、沖まで甲羅で埋まるほどタラバガニが来たそうだ。ニチロ（旧日魯漁業、現マルハニチロ）が缶詰工場を建て始めたのだけど、まもなくカニがさっぱり来なくなったので建設を止めたといい、コンクリートの土台だけが残っていた。「あれは何」って母親に聞いたら、そんな話をしてくれた。大野湾の浜では、ニシンを獲ったり、ウニを獲ったりしたそうだ。夏に兄と磯へ出かけて、ザルでシマエビを獲ったり、釣りをしたりした。

うちから海辺に降りて右に行った方にある若松の浜にメノウとか水晶とか、きれいな石がいっぱいあって、兄とよく、拾って遊んだりした。

ある時、夕陽に照らされて金色に光っている岩を見つけた。取りたくても取れない岩だった。兄はその岩を見て「これ、おでこだよ」と言ったので、七十年以上も「おでこ」の岩だと思っていた。でも最近になって、兄は「黄鉄鉱だよ」って教えてくれたのではないかと思うようになった。

終戦になって、一番初め、引き揚げるという話があって、船は一隻だけで三つの集落の人はいっぺんには逃げられないから、年寄りと子どもを先に引き揚げさせるという話だったらしい。それで私らは、古丹《こたん》までいかねばならないから前の日から母親とみんなきょうだいと行って泊まって、翌朝、港に行って船に乗った。

ところが、乗った途端に「だめだめ、降りなきゃだめ」と言われて降ろされた。私らは子どもだから何だか分からなかったけど、あとから聞いたら「ロスケが来てるんだから、三つの集落がバラバラになるより、一つ残って、後でまとまって引き揚げた方がいいのでは」というふうに話がまとまったらしくて、私らは家に帰ってきた。

ロスケがそのころいたというのは、うちの父親が「みんなに食べさせようと家で乾パンを焼いていたらロスケが来て、みんな持って行ってしまった」と話したとき、ああ、ロスケが来たんだなと思った記憶がある。

ロスケが来る前、大人の人たちが集まって、娘たちがいたずらされないよう、沢の奥に小屋を建てて隠そうとか、顔に鍋墨を塗るかなどと何か相談していた。ロスケが来るとみんな外に出て並ばされて、怖かった。でも、それから後は怖くなかった。

九月ごろだったか、兄が「ブドウをとりに行こう」と私を誘って出掛けたとき、「ロスケに芋を持っていてやろう」と、途中にある、早く引き揚げた人の畑で芋を掘って、手籠にいっぱい入れて古丹のロスケがいっぱいいるところに持って行った。

そこへ行ったらロスケに「入りなさい」と言われて中に入って、手籠を渡すと受け取ってくれた。椅子に座っていた人が、もう一つ椅子を持って来て私と兄を机に座らせた。後ろを見たらロスケがいっぱいいて、恐いなと思っていたら、コーヒーを入れてくれた。

すごくいい匂いがするんだけど、おっかなくて飲まれないなと思っていたら、「何でもないから飲んで」と、手真似で「何でもないよ」というような素振りをして勧めてくれた。私と兄は顔を見合わせて、飲んでみたらすごく甘くておいしかった。

壁には大漁旗やこいのぼりが飾ってあった。ロスケは、大きい本の紙を破ってくるくると丸めた中に、そこにあった乾パンを入れて「食べなさい」と持たせてくれて、「どうもありがとう」というように手籠を渡してくれた。

帰り道にブドウを籠に半分ほど摘んで家に帰ったら、母親が「随分、遅かったね」と。それでロスケのところに行ってきたことを話したら怒られて、「もう、絶対行ったらだめだよ」ときつく言われた。

父親の船はロスケに取られてしまったが、父親は機関士としてロスケの用事で本斗《ほんと》によく行かされた。

ある日の夕方、ロスケが二人、うちの店に土足で入って来た。奥の茶の間にいた母親は弟と妹を連れてとっさに押し入れに隠れたが、私と兄は隠れずに待っていたら、ロスケは樺太の地図をばっと広げて、右手の親指を海馬島から本斗の方へ移して見せた。次に左手で人差し指を立て、左手を枕にして寝るような仕草をし、それから再び、本斗から海馬島に親指を移動して見せた。

兄は「父ちゃんが本斗に行って、一つ寝たら帰ってくるんだ」と気づいた。指二本で二晩の日もあった。今考えてみれば、芋を持って行ったお返しで教えに来てくれたのかなと思ったりした。

逃げてきた時のことはよく覚えている。母親の妹の旦那さんが、本斗から緊急疎開して北海道天塩《てしお》町にいた伯父さん（若松市郎）に「ひと冬食べる分の米はあるけど、船がないから帰れず（集落の）皆残っている」と手紙を書いて、先に稚内に引き揚げて行く人に託した。「十一月に入っても帰ってこないし、どうしてるかな」と心配した伯父さんが稚内に様子を見に来て、初めてその手紙を受け取り、事情を知って、二隻の船をチャーターして迎えに来てくれたの。

私は当時、国民学校四年生だったけど、引き揚げてきたときのことはよく覚えている。十一月十四日だったか、すごい吹雪の日。二隻チャーターしたうちの一隻は故障で引き返し、伯父さんが乗った船だけが島の沖に着いて、日が暮れてから入ってきた。「電話線を切れ」「すぐ逃げる準備をせよ」などと大人の人の声が聞こえた。夜が更けてから、裏の若松の浜へ降りた。海は大シケで荒れていたが、磯舟で沖に出て大人の人に大きな船の甲板に引きずり上げられて段袋に入れられた。

船には、島の人がほとんど全部なので、百六十人ぐらいいただろうか。チャーターした分の米と大豆を積んでいて、その上に寝てきた。シケで海が荒れて稚内に入れず、礼文島《れぶん》の船泊港《ふなどまり》に着いて、近くの学校でムシロを敷いて泊まった。昔でいう小遣いさんの台所を借りて、自分たちが持っていた米を女の人たちが炊いておにぎりを作って食べた。もうそのころはしばれる(厳しく冷え込む)季節で、翌朝、岸辺の草もしぶきがかかって凍り付いた裏の湖で母親と一緒に顔を洗った。それからナギを待って稚内に着いた。男の人たちは、引き返していたもう一隻の船で、浜まで持ちだしたまま置いてきた荷物を取りに島に戻った。

ところが、一番先に荷物を取りに行った人が荷物に手を掛けたとき、仕掛けてあった火薬が爆発してやられて、みんな怖くなって何も取らず逃げ帰ってきた。それで、お葬式を出すにも稚内中のお寺を探して歩いたりして、大変だったと聞いた。

私たちは稚内の旅館にいたが、天塩にいる伯父さんが朝鮮の人がやっていた風呂屋を買っていて、そばに長屋もあったので、そこに行くことになった。稚内駅で天塩行きの汽車を待つ間に父親がホッケの煮付けを買ってくれ、何日かぶりでおかずらしいものを食べた。

父親は、引き揚げてからも自分の船を買って自分で漁をやっていた。

伯父さんは「（このまま）天塩にいなさい」と言ってくれたけれど、家族が多いので天塩にいては食えないからと、私ら子ども三人を天塩に残して、稚内の親戚の家の部屋を借りてそこに住んだ。それで三年ぐらい天塩にいたので、母親は天塩と稚内を行ったり来たりしていた。

天塩にいたころ、母親が杓子《しゃくし》を買いに行って、「こんなのだったよ」と持って来たのは、ホタテ貝の小さいのに棒を付けただけの貧しいもの。物がない時代でした。お米もないときで、配給だけで足りないから農家さんに母親の着物を持って行って、燕麦《えんばく》だとか芋だとか、そういうものに取り換えてもらって、そういうものを食べて育った。

苦労続きで、ようやく落ち着いたと思ったころ、昭和二十八年に父親が亡くなった。その次の年に初めてちゃんとした家を建てた。それまでは掘立小屋のような仮小屋で。稚内はその当時、引き揚げ者でそういう人はいっぱいいた。

それで稚内に落ち着いたが、私はずっと、稚内の海岸から海馬島のような島が見えるような気がしてならなかった。それが今から三十年ほど前の二月、パートをしていた職場にたまたま来ていた漁師のおじさんに「今日は海馬島がよく見える」と言われて、初めて稚内からでも海馬島が見えることを知り、うれしくて短歌を作った。

「流氷のはるか彼方にモネロン島 幼い頃の思い尽きない」という歌で、稚内市の高台にある開基百年記念塔近くの「文芸の小径」に四年ほど前、自分で建てたその歌碑がある。

戦後五十年(一九九五年)のとき、海馬島から稚内に逃げる途中で緊急避難した礼文島の船泊に行ってみた。久種湖《くしゅ》の水面は何も変わらなかったけど、学校の位置や付近の様子はすっかり変わっていて、昔を思い出せるようなものは何もなかった。あの時、学校の玄関の少し離れたところにウサギが一匹飼われてあって、用務員さんが触らせてくれた。あの湖で顔を洗った。長靴をはいていたけど草なんかにも氷が張っていて、冷たかった……。遠い思い出です。

ここ十日ぐらい、布団に入って、樺太の夢ばかり見る。浜へ二、三人で下りて行って、

稚内公園にある「文芸の小径」

丘の方に行ったら丸太が一本あった。それを担いだら私の後ろの目の前のところに穴があって、蛇が出てきた。畑の近くの小さな家に三人の人がいた。ここは一階山、二階山、三階山のうちの一階山にあるんだろうかと思って、「タカシ、タカシ」と弟の名前を呼んだ。

タカシは終戦の年の三月、生まれて一カ月で亡くなった弟で、逃げるとき、骨は持って来られないので祖母の墓のそばに埋めて来た。名前を三回呼んだところで夢が覚めた。卒塔婆の前にユリの花を植えて最後の別れをした母親は、あとで人に「あんた、子どもが死んでよかったな」などと言われたりしたが、長い間、夕方になると泣いていた。

海馬島でいかに遊んだか、花がきれいだったとか、石がきれいだったとか、そんな楽しかった思い出ばかりで、夢のような島だった。家族間もすごく近くて仲良しで、みんな親戚のようで。引き揚げてきてから、母親と話をした時、「どうしてうちの船でさっさと逃げてこなかったの?」と聞いたら、母親は「みんな親戚のようなものだもの、そんなことできないよ」と言っていた。

海馬島は思い出の地。もう一度行ってみたかったなという気持ちでいっぱいです。

怖かったことしか覚えていない——若松 司

——泊皿出身・一九四二年〜・稚内市在住。日用雑貨などの商店も営む漁家の次男。——

海馬島のことは私が三歳のときの記憶で、恐かったことだけしか覚えていない。どこに何があったという記憶もない。ただ、母親と一緒に家の近くの井戸に水を汲みに行った時、ロシア人がいて、怖くて母親の陰に隠れたことを覚えている。ロシア人がうちの店に入って来た時も、私は怖くて、すぐ上の姉と一緒に押し入れに隠れていた。

引き揚げる時は、船の中にいたんだが、人がびっしりで、波が高くて、上から波が入って来た。あのとき、子どもがものすごい声で泣いていた。あの声が耳に焼き付いて離れない。そんな怖かった光景だけは、いまも鮮明に覚えている。

島にいるうちは、それなりにいい生活をしていたと思うけれど、引き揚げてからの貧しさといったらなかった。

若松司さん

隠された娘さんたち――村上かよ

泊皿出身・一九二二年〜・稚内市在住。二十歳の時、函館にいた叔母の口利きで、函館近郊出身の四歳年長の夫と結婚。まもなく夫は稚内に出征したため、泊皿に戻り実家近くに住んだ。

海馬島は、本当の田舎でした。リヤカーも自転車もあるわけでなし。冬になったらソリとかスキーとか、父親が山から木を採ってきて造ってくれた。といってもろくに木も生えていないところです。風も強いし。港がある中央（北古丹）まで行くにも、ガンビ坂を越えて歩いて行かねばならない。一里も山の中を行く道で、登る時も、降りていく時もずっと坂。病院も中央にあったので、薬をもらいに行くにも、冬は歩いて行けないからスキーで行った。大変だったんですよ。

役場が放したキツネが増えて、家の中まで入ってきた。海馬島にいたころ、真岡《まおか》や本斗、敷香《しすか》、多蘭泊《たらんとまり》にも行った。広地や大穂泊《おほとまり》にニシンが来ると母さんが（出稼ぎに）行くから、後をついて行った。

海馬島でも空襲があった（被害はない）。（日本に）帰るころになったら、ロシアの飛行機が海に爆弾を落して大変だった。

ロシアの兵隊さんたちが島に入ってきて若い女の子たちにいたずらするというので、大野湾にコカシ湾という波が来ないところがあって、そこの洞窟のようなところに女の子たちは隠れていた。磯舟で男の方々がごはんやおにぎりを持って行って食べさせたりしていたが、そうばかりもしていられないので、中央に一人残っていた、偉い兵隊さんとロシアの偉い人とで話し合ってもらって、それから（そういうことは）よくなったんです。私の妹たちも、まだ結婚してなかったからそこにいた。一カ月ぐらいだったか。隠れた娘さんたちは、みんな無事だった。

偉い兵隊さんはその後、死刑の宣告を受けて、ロスケに殺されたらしい。家族が残したアルバムがあって、兵隊の顔が写っていたのでその人が偉い人だと分かって部屋に監禁され、その後に殺されたのではないかね。

ロシアの兵隊さんは十人ぐらいで、三区にもいたが、主に中央にいた。私は怖くて怖くて。槍と鉄砲を持っていて、どんと突くばかりの格好でいたので、怖かった。

引き揚げたのは十月二十四、五日ごろか。お坊さんとか、旦那さんの人のいない人、奥さんのいない人とかだけで、船に十人といなかったのでは。

若松さんの船「暁丸」に稚内から迎えに来てもらったが、シケでシケで。ようやく海馬島まで来たが、ロシアの人が監視していたので、出たり入ったりしてなかなか入って来れず、乗り込むまでに時間がかかった。ボンボンと音がすれば分かっちゃうから、機械（エンジン）にムシロを濡らして掛けて音が聞こえないようにして、磯舟でそこまで行った。シケでシケで、ようやく暁丸にたどりついて乗せてもらったが、結構大きな船で、乗り込むにもえらい目に遭った。長女（四歳）の手を引き、次

村上かよさん

女(二歳)をおぶって、夜具一つだけ、父親が舟に乗せてくれた。

夜中の十二時ごろに海馬島を出た。稚内に行く予定だったのが、利尻にようやくたどり着いた。昼間だった。そこで一泊して、また船に乗って、稚内に着いたのはちょうど晩方のことだった。

稚内で船を降りる前に、六百円しか持っていなかったのに、一人、子どもも大人も百円、夜具も百円と、合わせて四百円もとられて、手元に残ったのは二百円だけ。当時、百円あったら一カ月暮らせた。今の二十万円ぐらいの値打ちがあったのではないか。引き揚げてくる時は六百円しかなかった。

当時、海馬島にはホッケの塩蔵《えんぞう》とかの仕事がいっぱいあって、子どもをおぶって仕事に出ていた。はしごをかけて、屋根の上まで並べて積んで行かねばならない仕事だけど、お金になった。でも、戦争がひどくなって、終戦前の二年間ほどは働けなかったから、現金はあまり持っていなかった。

稚内に来たら、じいちゃん(夫)はまだ除隊になっていなくて、旅館の部屋だけ借りてあったので、そこに泊まった。それから(夫と)音標《おとしべ》(北海道枝幸《えさし》町)に行った。(夫が)兵隊で一緒だった人が「音標というところへ行ったら、いろんなものが獲れるし、自分も大きな船を持ってやっている」という話をしていたので。ところが行ってみたら、それは全然うそだった。

でも、お金が二百円しかないから戻るに戻れず。そのころはまだ、音標ではやっていなかったイカ漁を始めて、何とかなった。沿岸漁師で、小さな船でウニとイカを獲った。半農半漁です。そのあと、昭和三十四、五年ごろに稚内に移って、建設会社に勤めた。稚内には米軍キャンプがあって、夫婦で働いてやってきた。

真っ黒な空、恐怖の海――三引良一

泊皿出身・一九三八年～・埼玉県坂戸市在住。画家。日本美術家連盟会員。創造美術会、現展、行動美術協会展などで活躍。

海馬島は、平和で美しい島だった。深い海の底まで見通すことができるきれいな海で、魚やタコやウニや昆布などがとれる。従兄弟《いとこ》の高橋君と、よくタコを獲りに行った。

私は幼い頃から絵が好きで、小学一年の時、校長に「大きくなったら画家になる」と宣言した。北海道に引き揚げて、稚内で漁師を続けた親の家業をしばらくは手伝ったが、機

三引良一さん

をみて勘当覚悟で上京し、東洋美術学校を出てずっと絵を描き続けている。

家は、泊皿でも集落の外れにあった。ある時、家の中をのぞいている大男が十数人いた。ロスケで、畑を荒らしたり、カモメを銃で撃ち落とし、火で焼いて食べていた。自分も焼かれて食べられるのかと思うと、本当に怖かった。数日後、日本兵や父親たちが校庭に集められ、銃や刀が山のように積み捨てられた。戦争の本や漫画の本がドラム缶で焼かれた。一週間でロスケの数が多くなり、恐くなった。

ある日、若い娘が助けを求めてうちに飛び込んで来て、父（三松）が床下の室の中にかくまった。父は清酒の一升瓶を持ち出し、娘の匂いを消すかのように酒を板の間にまきちらし、平然として酒を飲んでいた。ロスケは部屋の中を土足で歩き回り、怒鳴り散らしたが四十分ぐらいで諦めて出て行った。

島を逃げて来る時、母は怒りながら、着られるだけ服を着るようにと言った。部屋の中は山のように荷物が詰まれていた。うちは高台にあって、あのタコを捕りに行った浜まで、暗いところを長く歩いた。

　父は樺太本島に連行されていて、家にいたのは身重だった母と私ら子ども四人。妹は兄の背中で眠っているが、小さな弟は「足が痛い」とすすり泣く。かばう私を、鬼のような男たちが「声を出すな」と怒って、私を殴った。

　歩き疲れて浜に着き、弟の手を引いて小舟に乗ろうとしたら、「ここまで」と言って、弟とつないだ手を切り離された。小舟は揺れに揺れて、やがて真っ黒な海と空に大きな黒いものが現れた。大きな漁船のようだった。小舟と大船ではあまりにも距離があり、私は男の人に抱きかかえられ、断崖のようなところから野球ボールのように大船の上に放り投げられて黒い空に舞い上がった。

　どれだけの時間がたったのか、気が付くと、船の機関場の中にいた。それからまた、長い眠りにつき、目を開けると空は明るかった。大人の人が「日本だ、日本だ」と大声を出し、「北海道だ」とも言った。「僕、出てくるか」と、船底から出してくれた。私は、大きなドーム（稚内港北防波堤）に薄汚れた日本の日の丸の旗を見て、涙が止まらなかった。

　母は、（船の中に）私の姿がないので、乗り遅れたと思っていたらしい。母もきょうだいもシート一枚の甲板の上で海風と雪とをかぶってずぶ濡れで、唇は紫色だった。ともに脱出してきた、岸壁に停泊している船をボーッと見ていた自分を、今でも記憶している。

私たちは、礼文島に身を寄せた。昭和二十一年、まだ雪の残る春、女の子が生まれ、兄とともに役場に出生届を出しに行く寒風の雪道で、なにか動くものがあった。

「熊だ、良一、逃げろ」と兄が叫んだ。「良一か」と、人間の声がした。それは、熊ではなく、真っ黒い顔をした父だった。父は、男泣きして私たち二人を抱き、「生きていてよかった」と言った。

兄と父は役場に向かって走り出し、私は今来た道を小走りに家に向かった。家に着くと、母に父のことを知らせたら、母は声を出して泣いた。「神さま、神さま、この子は幻の父を見て、頭が狂ってしまった。助けてください」と。父と兄は無事帰り、父は「お前一人で、よく帰ったな」と言った。その夜、父と母は、小さな声で朝まで話していた。私は夢の中で父と会っていた。

(父に聞いた話では)海馬島にあった漁船は沈められ、使える船は没収された。父は、船を本斗に集める役をさせられていたが、友人と四人ほどでロスケに追われながら、死を覚

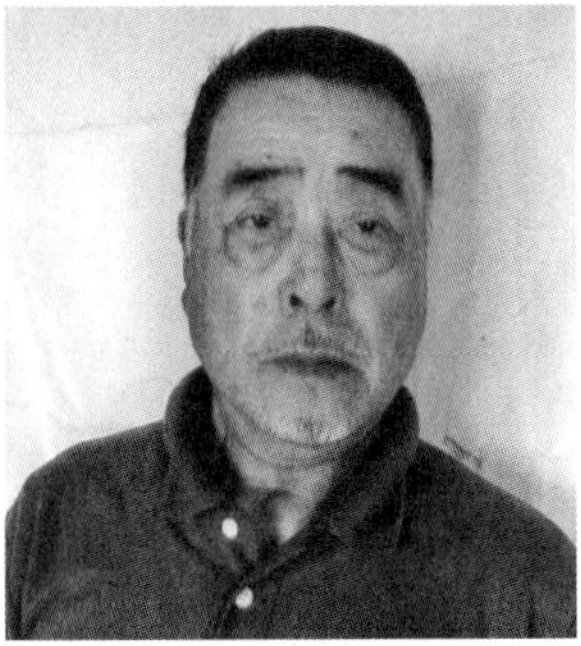
故・三引三松さん

文･画：三引良一さん　上――礼文島 冬の道。役場へ向かう道中、真っ黒いものが動く。兄が「良一、逃げろ！ 熊だ！」「良一か！」。人間だった。父だった
下――礼文島の冬道。父との再会で、母に知らせようと走る私、7歳

悟して脱出してきたという。一人は銃で撃たれて死亡した。父も撃たれたが、船を運転中も胸に抱いていた金銅製の観音様のおかげで、命拾いしたという。

命を救ってくれたという観音像（白衣観音か）

戦争が終わると（北海道の）海にニシン黄金時代が来て、浜は活気づいた。父は漁業に忙しく、大変な毎日で、子どもの私も手伝いをさせられた。樺太の話はしたがらなかったが、海がシケて仕事がない時は朝から酒が入り、「観音様が助けてくれた」と、いつもそればかり言っていた。

観音様は、樺太を脱出するとき、海馬島の村長さんから「命を守ってくれるから」といただいたものだと父が話していたもので、今も稚内の親戚の家で大切にしている。撃たれた銃弾が観音様に当たって反れたために命拾いしたということで、確かにそんな傷痕が残っている。

朝日、夕日がきれいだった——松岡 達子

泊皿出身・一九二三年〜・札幌市在住。泊皿の漁家で、十一人兄妹の次女として生まれ、二十歳の時に鴎沢の男性と結婚。四人の子の母。

夫は七十歳で亡くなり、夫の兄弟もほとんど亡くなった。私のきょうだいで、今生きているのは七人。

父は寡黙な人で、俳句や短歌をよく詠み、雑誌にも投稿したりしていた。

泊皿には神社があり、お寺は南古丹にあった。泊皿から朝日が昇る様子は、とてもきれいだった。昆布を採りに行く海馬浜《とどはま》で見た、夕日が海に沈む光景も、きれいだった。星もきれいに出ていた。

引き揚げの時は、シケの夜に港を出た。香深《かふか》（同じ礼文島にある船泊の記憶違いか）を経て稚内に着いた。小学校に二日間泊まった。シケで沈没した船もあった。米は持って来られず、荷物も積めず、着るものだけで引き揚げて、一人百円のお金と米一俵が支給された。兄二人は出征中で、私と弟三人、妹二人が一緒に引き揚げた。末の妹は稚内に来てから生

まれた。
母の姉の夫の弟は終戦後、ロスケに撃たれて死んだ。漁船の機関士で、ロスケに使われて、本斗から来る時、エンジンをかけて「(船を)出せ、出せ」と言われて。義兄はその時、ロシアの船に乗り込んで直談判した。

遺された二十二枚の絵と日記――福原 実

泊皿出身・一九三三～二〇〇七年・北海道栗山町。病に倒れ、余命六カ月と知って、生まれて十二歳まで過した海馬島の思い出を子孫に伝えようと二十二枚の絵と日記をつづった。日記と絵の一部を紹介する。

昭和八年(零歳)　五月九日　樺太本斗郡海馬島にて出生。男六人女五人の十一兄弟のまんなかでそだてられる。家業は漁師。

昭和九年(一歳)　当時の家業について　春＝五月末から六月にかけウニ漁　夏＝七、八月半ばまでコンブ採り　秋＝九月～四月末まで　イカつけ　それぞれの漁の合間に、ふのりやてん草、佛《ほとけ》のみみ、なまこ等も商品化されて出荷された。海馬島の大きさは周囲二十キロ。人口六百人たらず。

昭和十年（二歳）　弟誕生　島に住む動物と云えば　北キツネ、とネズミとトカゲ。ヘビもクマもいない。北キツネは、畑の作物や魚も食ふ悪者。冬になると業者がトラバサミでほかくしていた。冬になるとキツネは毛変りしてやわらかい毛になる。えり巻になる。

島は、高山植物の宝庫でもあった。又色々な海鳥もいた。島近海でとれる魚。ホッケ、ソイ、ガヤ、カレイ類、タラ、カジカ、タコ、イカ、ナマコ。昭和二十年四月再びニシンのくきがあった。大野潟がまっ白になる岸辺に押寄せられたニシンを手づかみで取った。

昭和十一年（三歳）　島の通信手段＝電話は、役場、学校、駐在所、郵便局、病院、漁組位。村人個々の連絡は、ひたすら走るのみ。島外との連絡は電報がよく使われた。病人やけが人が出た時は、病人をつれて行くか、医者をつれて来るかの選択。だいたい医者をつれて来ることが多い。海でなぎの時は舟、しけの時は陸路、リヤカーで。屈強な若者三、四人がかかり。冬はソリに乗せて来る。どちらも一時間はかかる。

文・画：福原 実さん（p134, 135）
上——トド浜 吊り鐘岩。ものすごい数のゴメや海鳥で岩の上半分はフンで真っ白
下—— 大野潟前浜でウニやアワビ・ツブ等焼いて食べる

上――10月頃、兄と箱崎岩へトーベツカジカを取りに行く　風に流されて帰れなくなる。通りかかった舟に助けられ、引かれて帰る。
下――冬のガンビ坂

島に来る医者は年寄りばかり。ちなみに自分が足をけがした時は、運よくコタンへ行く舟があったので姉と二人乗せてもらう。傷口をガッチリしばり、ギッチラ、ギッチラ一時間。傷目は縫うことが出来ず、直るのに一月以上かかる。運動会に出られず。

昭和十三年(五歳)　妹生まれる。島で採れる作物と云えば馬鈴薯、カボチャ、大根、キャベツ、カブ、ニンジン、キウリ、タイナ、白サイ、ニラ、長ねぎ、なす、トウモロコシ、豆類、エンドウ、空豆、ササゲ、キントキ豆、トラ豆 等々、色々な物が採れた。中でも馬鈴薯やキャベツは良いものが出来た。母の物好きで、部落で初めてトマトを植えた。手もやらず植えっ放しだった為、良い物にならなかった。それでも赤いトマトが何個かなった。自分が四、五年生の頃だったと思う。育て方を知っていれば結構良いものがなったと思う。

昭和十四年(六歳)　海馬島は発電所は無く、全島ランプ生活。ランプのホヤみがきも思い出。子供達の役わり。三日に一度位の連絡船も海がしけると何日も来ない。新聞も一週間分位まとめて来る。なぎになり連絡船のあかつき丸が来るのがたのしみだった。ラジオもなし。音の出るものと云えば ちく音器でレコードをかけて聞くこと。流行歌や浪曲、どうよう。一年に一回位、無聲映画。もちろん白黒で(弁士付)が来たものです。大きくて、大きな音のでる発電機があった事が思い出される。

昭和十五年（七歳）　弟生まれる。夏は海、冬はスキー、スキーは三歳頃からはいていた。長姉結婚。十八歳。島の山菜 竹の子が無い（熊ザサがないため）、行者ニンニク、やちぶき、セリ、シドケ、ウド、フキ、ニヨ、ゼンマイ、コゴミ、アザミ、ヨゴミ、エゾエンゴサク等々、北海道と変らない。木の実は桑の実、山ブドウ、コクワ、カリンズ等々。スッカンコ、コケの実、アニノミ、フレップ、これらは、北海道にはない。

昭和十六年（八歳）　四月一日 国民学校初等科入学。同級生はたった三人。それもいとこ同士。全校生四十何人かであった。小学校入学の夏には、海で泳げる様になる。冬はスキー。遅くまで遊び過ぎて手足は冷めたくなり、体は雪ダルマ。泣きながら家に帰ったことも何度もあった。体についた雪はホウキではたき落される。つめたくなった指先を姉や母が手の平であたためてくれた。（急にストーブであたためると痛くなる）十二月八日　太平洋戦争始まる。

昭和十七年（九歳）　春 子犬を一匹飼う。名前はゴロ。そのゴロと、後にかなしいわかれをする。人にかみつく様になり、四才で銃殺される。冬。何軒か共同で防空ごうを掘る事になる。軍の命令。防空頭巾にもんぺ。だんだんと戦闘色がこくなって来る。

昭和十八年(十歳)　この頃になると、上級生達にまじって兵隊ゴッコで遊んだ。海で、あわびやうにをたき火で焼いてたべたり、つりをしたり。泳ぎもけっこう上手になってきた。五月頃かと思ふ。ハダシで走っていてガラスビンで足を切る。舟で病院へ。九月〜十月頃の家の手伝いは、夕食後、皆でイカのし(スルメ作り)。一晩で何百枚も作ることもある。朝早く、五時頃　兄につれられて平磯の岩場へタコ捕りに。一時間位で五、六ぱいとることもある。思い出はつきない。

昭和十九年(十一歳)　兄と二人でいそ舟でつりに出て、風に流され、こわい思いをした。ちょうど通りかかった大人の人の舟に引っぱられて帰って助かった。だんだんと生活物資も思ふようにならず、砂糖などほとんどない。ビートをにつめて砂糖の変りに使ふ。兵器を作るのに鉄が無いという事で、鉄で出来ている物であればナベやカマまで供出させられた。自分や同年代の子供達も大きくなったら飛行兵や水兵さんになって、お国のためになりたいと思ったものです。村のカアーチャン達もモンペ姿で竹ヤリのくんれん。ワラ人形に向って黄色い声をふりしぼって突げきしてた。

昭和二十年(十二歳)　七月　兄がちょう兵される。八月十五日　終戦なるが、樺太本土ではなお戦火がつづく。(ソ連兵の南下により)八月二十日過ぎ、やがて海馬島にもソ連兵が上陸する。大人達は校庭に集められていた。弟や妹、近所の子供達十人位で、家の前の防空ごうに入っていた。ソ連兵にじゅうけんを向けられ、外へ出る様いわれ、おそるおそる出る。村人すべてに、きがいはなかった。内地へ引揚げる手だてもなく、越年の準ビ。十月半ば、急に北海道へ引揚げる事になる。ソ連兵のすきを見ての行動である。チャーター船に着の身着のままで乗りこむ。村人二百人、大しけに合い礼文島へつく。二、三日して稚内へ。しばらくは稚内に居る事になる。食料難で大変。母につれられて近くの農家へ大根やいもの買い出しに行った。学校どころでない。父は米軍し設で働く。

あとがき　七十余年をふり返ってみれば、あっという間の出来事の様にも思える。海馬島での少年期の思い出が強く残っている。終戦後の食糧難で大変だった事、兄弟が多かったから、母が一番大変だったと思った。義ム教育だけで社会に出て、たよれるものは自分だけでも、兄弟が多いと何かと心強いものでした。

（原文のまま）

第5章 故郷を遠く離れて

『五色の虹よ』を出版——箕浦 ヒナ子

鵐沢出身・一九三〇年〜・茨城県取手市在住。敗戦当時は島を離れ、豊原の郵便局にいて、姉と稚内に直接引き揚げた。

海馬島《かいばとう》は、高山植物が咲き乱れるきれいな島だった。初夏のある日、母と姉と三人で草取りに出かけた時。山稜から見下ろすと濃い霧が立ちこめて来て、その中に七色の虹の輪がぽっかり浮かび、しかもその中に人間の上半身が映っている。肩に掛けている鍬《くわ》を振り下ろしたり、手を振れば同じように動く。自分たちに間違いないと思いながらも不思議な現象で、吉の前兆の如く喜んだ。後日、それは〝ブロッケン現象〟と言われるものだと知った。

夜は今にも降ってきそうなほどの満天の星空で、空気もきれい。電気も無かった時代なので、その輝きたるや、内地では絶対に見ることができない。まして今はなおさら、あんなきれいな星空は二度とみることができないだろう。それよりなにより、闇の中から水平線のかなたに一本の赤い線が浮かび上がり、紫色からしらじらと夜が明けて行き、日が昇るさまが、それはそれは素晴らしかった。

島民もみな、家族のように仲が良く、本当にのんびりとした、平和な良いところだった。四方を海に囲まれているので、海の幸が豊富で、浅瀬にもウニ（バフンウニ）やノナ（ムラサキウニ）がごろごろとあるので、子どもたちは浜で遊びながらちょっと小腹がすくとよくウニを拾って食べた。ただし、ノナはまずいので食べるものとは思わなかった。内地に来て、みんなが「おいしい、おいしい」とノナを食べるのをみてすごく驚いた。サンマやイワシはタラの餌だったが、内地では人間が食べているというのも驚きだった。

あるとき、岩場に大きなタコが日なたぼっこしていた。あまりの大きさに私ら子どもたちは遠巻きに見ていただけだが、大人はきょうの晩御飯のおかずになると大喜びで、いとも簡単に捕まえて持って帰ってしまった。

浅瀬には大ヒラメがたくさんいた。それを大人たちが獲って担いで行くとき、あまりに大ヒラメが大きいので大人の頭にすっぽりと覆いかぶさり、尾っぽまで地面を引きずっていて、その後ろ姿はまるで大ヒラメが列をなして浜を歩いているようで面白かった。

家の食卓には、大きな洋皿にウニやスジコ、カニがてんこ

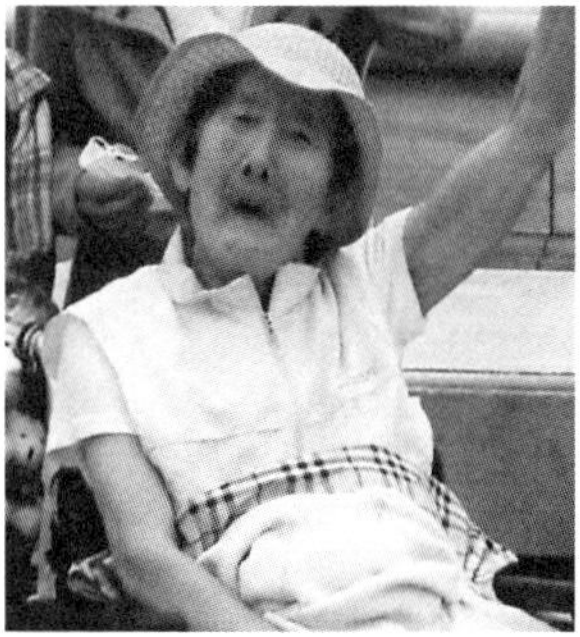

箕浦ヒナ子さん

盛りになって上がったが、それはどこの家でも当たり前のことだった。

海馬島の元旦は、朝一番に一家の大黒柱の人が起きて、若水を酌む。床の間に供え餅の大きいのを中心にいくつも並べ、色とりどりの丸い餅を付けた花串が二重に張られて、仏間は美しく飾られた。

秋になってイカ釣り漁が始まると、朝の海岸にイカのゴロ(油)を捨てるものだから、そこにたくさん魚が集まってきて、それを釣ったり、タモやザルですくいあげたりする人がいた。海岸では、ホッケやサバもよく釣れたようだ。

一度だけ、ニシンの流し網漁に連れて行ってもらったことがあった。底が平たい和船での漁で、船がとてつもなく広い船に思えた。船の上では網に掛かったニシンを漁師が外していた。船が港に着くと、何人もの人がニシンを買おうというのか、手提げをさげて待っていた。おじさんは後々、「あんなうるさいことはない」と言っていた。ニシンも、売ることよりも人にあげることの方が多かったとか。

父は鴎沢の網元で、生前よく〝ヤレコノエー、ヤンサノエー、ヤンデコリャ、ヤンデコーノ、ヤンサーノエー〟といった、漁の時の掛け声のような歌を口ずさんでいた。一つの漁期が終わる度に家に大勢の人が集まり、お酒やたくさんのごちそうで大にぎわいだった。

父の船で機関士をしていた韓国人のヨオさんも出入りしていて、私もすぐ下の妹もヨオさんが大好きだった。本当は「ヨさん」というのだそうだけど、とても明るく、楽しい人だった。漁期ごとに国から一人で働きに来ていたのだろうか、ある時、歌好きな私たちに、おもちゃのピアノを国に帰った土産に買って来てくれた。

引き揚げの時、妹は、ひと足遅れる父に「ヨオさんのピアノを持ってきてほしい」と頼んだけれど、父は自分のバイオリンと海馬島の植物を採取して梨本宮様《なしもとのみや》に献上した時にいただいた茶器セットを持って来るのが精一杯で、ピアノを持って来ることはかなわなかった。ヨオさんに本斗《ほんと》に連れて行ってもらったことがある。周りはみんな韓国人で、何を話しているのかさっぱり分からず、怖くなってヨオさんにしがみついていた。そのヨオさんも、終戦間近になったころ、「ちょっと国に帰ってくる」と言ったきりで、二度と会うことはなかった。

八十歳近くで古丹に足の不自由な奥さんと住んでいた、〝山爺ちゃん〟と呼んでいた山本長松さんもよくうちに来た。普段は無口な人だが酒を飲むと別人のようによくしゃべり、よく歌っていた。

海馬島のゴショ芋は、内地の芋と違って屁は出ない。カボチャも、内地のように砂糖を入れて煮ると甘過ぎて食べられなくなるぐらい甘いカボチャだった。甘いものがない時代だったので、四月二十九日の天長節（昭和天皇誕生日）には紅白のまんじゅうが学校で配られて、とてもうれしかったことを覚えている。

鴎沢は雪深いところで、雪が家の屋根まで積もるので、玄関から外に出るために雪の階段を造った。その階段の両側には冷凍庫代わりにタラを一本ずつ、何本も頭から差し込んでおいて、半解凍しては刺身で食べると絶品だった。タラ汁にして食べたりもした。

学校が終わるとスキーやソリで遊んだ。家の前から坂を滑り降りると、小さな雑貨屋があるところで止まるので、そこまで行ってまた坂を上って滑るのを繰り返した。

坂の下には水産加工場が何軒かあった。カニや昆布の加工場もあったかも。冬の備えには何個もの四斗樽に野菜や山菜を漬けておき、米俵も何俵も積んであった。

鴎沢のうちの家の前には小川が流れていたし、大沢には大きな川もあった。その大沢には、ケントウガモが山の平らなところに何百という大きな穴を掘って卵を産む。子育て中の親が餌を運んでくると、男の子らは親を驚かせて餌を獲ったりした。私ら女の子は卵を獲った。

海馬島の名前になったトドは、鉄砲で撃って食べた。食べたと同時にお尻からトドの油が何の感触もなく流れ出て、気付いた時にはもう、座布団もびしょびしょに濡れているのでびっくりして飛び上がるといったありさまだった。

鴎沢では、夏の昆布漁期は大沢に移り住んで暮らす人が多かった。わが家は、長浜で暮らした。大きなニシン釜にお湯を沸かして、男の子も女の子もみんな一緒に入った。

長浜の家の裏のがけの上には灯台があった。

平和だった海馬島も、太平洋戦争の開戦以来、変わってしまった。それでも初めのころは、防空壕に避難した時、母親たちが非常食用に作ったおむすびを、入ったと同時に子どもたちが食べだし、そこにいたみんなが笑っていた。だが、日を追うごとに、笑いは泣き叫ぶ声へと変わった。ロシアの飛行機がものすごい音とともに海馬島上空を低空飛行する様を、非常食用のおむすびを握りながら台所の窓から見詰める母や祖母は、「もしもの時は、皆で死のう」と涙をぽろぽろ流しながら話した。妹は「母さんと一緒なら恐くない」と思ったそうだ。

引き揚げ船がいつ来るかも知れず、ロシアの兵隊がきょう、あすにも上陸するかもしれないという不安の中、島の防備隊に軍隊上がりの隊長がいて、三角台という島の一番高い所に老人、婦女子を連れて行き、皆殺しにする計画があったが、部落(集落)会長が阻止してくれたおかげで、誰一人犠牲者もなく引き揚げることができた。

後々聞いた話では、その後、防備隊は今度は役場の村長を殺そうとした。村長は、当時、三区と言っていた泊皿に連れて行かれ、殺されるところだったが、その時、村長を連れ出した四、五人の防備隊の中に村長をよく知っている人もいて、縛る際、後で逃げ出せるようにと緩めに縛り、村長は自力で逃げ出し、命拾いしたとのこと。

妹たちは、やっと引き揚げ船に乗ることができたものの、途中で故障して島に戻り、修理してから再び出発した。島の漁船であまりにもボロくて、側面が穴ぼこだらけなので、船が揺れる度に、その穴から海水が入って来て、ちょうどその穴のところにいた妹は身動きもとれず、稚内に着いた時にはびしょ濡れになっていた。

ふるさとはありがたきかな――清水 洋紅

鴎沢出身・一九三一年～・名古屋市在住。洋裁塾経営、北辰神明流日本修道館修紅会という詩吟の流派の総師。

海馬島ではみんな、本名よりは〝ちょり子〟とか〝豆腐屋〟とか、ニックネームや屋号で呼んでいたので、幼馴染でも本当の名前が何だったのか、今ではよく思いだせません。私は、数えの十五歳で引き揚げてきた。長生きしとってよかった。海馬島のことなんて口に出さずに終わるところだった。

父は愛知県豊橋市出身で、海馬島の漁師の家に養子に入り、年ごろになって一人娘と結婚して私が生まれた。母方の祖父は秋田出身で、福井出身の祖母と結婚し、何人の子どもがいたのか分からないけど幼いうちにみんな亡くなって、末子の母だけが育ったので養子をとった。私が生まれた時は祖父はもういなくて、一歳の時に祖母の葬式があって、そのときの古びた写真とか、何枚かが今も手元に残っている。

父はもともと百姓でもないし漁師でもないの

昭和初期の鴎沢の葬儀風景

清水洋紅さん（一番後の女性）と家族

で、何もできない。父は養母に「漁師じゃないものは男でない」といわれて無理やり漁師にさせられたのだけど、魚一匹も獲れないし、何にもできないから、結局、海馬村《かいばむら》の役場に勤め、シナリオをかいて田舎芝居をやったりした。なにしろ書くことが好きで、演技もうまかった。

学校で芝居があると、父が作ったシナリオで踊りや芝居が始まる。私が幼いころ見に行った芝居は、途中で「洋紅さん、洋紅さん」と呼ぶ場面があり、私も舞台に上がった。

父は英語が達者で、うちの前を通って学校に行く子どもたちに「清水のお父さん、英語教えてくれ」と言われて道路で子どもたちに英語を教えていた。そのうちに「非国民だ」と言われ、スパイの容疑がかかって警察で一晩泊まってきたこともある。

とにかく教育熱心で、男でも女でも、最初に生まれたお前をスパルタ訓練するんだと言って、女の私にもかまわずビンタを張った。私はお父さんの子かしらと思うくらい折檻《せっかん》された。妹、弟を教育するのは長女のお前だといって、私ばかり折檻された。でも、今になって考えると、父のスパルタ訓練のおかげできょうまで、恥もかかず、ぐれもせず、どこに行っても困らずに済んだ。先生、先生と言われてきょうまで来た。

うちは漁師の家じゃないけれど、村の人たちがモッコの中にイカをいっぱい入れて持ってきてくださる。「父さん、イカ持ってきたで」と言って。とても食べきれないので、裂いて干したりしたが、その一夜干しがおいしくて。イカそうめんもウニもおいしかった。冬、朝起きるのが遅いと雪かきしてくださったり。お世話になった佐藤さんには、その代わりにお正月には鏡餅を一重ねずつ、必ず送っていました。米もなくなって食べられなくなるころにも、一生続けるんだと言って。

父はお酒が大好きなので、家にはお酒を飲む人がたくさん遊びに来ていた。うちですき焼きをやっていると、匂いで自分の家みたいに近所の人が上がりこんで来て、お酒を飲んで楽しんでいた。〝おけさ踊るなら……〟とか歌を歌ったりして。

寅田さんの家の前で盆踊りがあった。父はよく太鼓をたたいていたし、母は踊りが好きで、踊りに行っていて産気づいて私が生まれた。近所の産婆さんのお世話になった。鴎沢にはお酒を売る店があったし、水産加工場やかまぼこ屋があって、私は珍しくて見ていた。昆布を足で踏んでおぼろ昆布を造っている加工場もあった。

ある朝起きると、海が真っ白になってニシンが来た（一九四五年春、海馬島に久々のニシンの群来《くき》があったという）。カモメがいっぱい飛んでいた。

終戦当時、私は樺太《からふと》本島の真岡《まおか》高等女学校二年生だった。機雷を作る材料だといって石炭を背負って運ぶ仕事とジャガイモ掘りばかりだったので島に帰っていた。

空襲警報が出る度に、防空壕に入った。予科練に行く人があると、学校から中央の港まで行って日の丸の旗を振って送った。何人も送ったが、帰って来た人は見たことがない。無事に帰って来たという人もいたが、姿は見ていない。遺骨になって帰って来たという人は、覚えていない。帰って来た時には旗も何も振らないで黙って帰って来るので、子どもの耳には入らないんでしょうけど。

八月十五日の玉音放送は、聞かされた。ラジオを聞いて、みんな土下座して悲しんでいました。

引き揚げの時、中島港に行く桟橋を、恐る恐る歩いて船に乗った。桟橋のすぐ下に海が見えるので怖くて泣いとったが、後ろから押されて、暁丸に乗って、九月三日に稚内に着いた。船に乗っていたのは、まる一日ぐらいだったと思う。

山下留蔵というお父っつあんがいて、「ああ、稚内が見えたぞー」って、嘘ばっかり言っていた。私たちが早く、早く着きたくて、まだかまだかと言うものだから、「見えたぞー」って何度も。嘘ばっかり。

ちょうど二百十日か二百二十日のころ、海は大シケで、船は何度も傾いて、私たちは甲板に乗っていたけど、びしょ濡れで。昭和十七（一九四二）年に生まれた妹を私がおんぶして、母が荷物をしょって来た。

清水洋紅さん

私はあの時、まだ引き揚げたくなかったが、「ここはもう、お父さんは帰って来んから、行かないかん」と言われたり、むりむり勧められた。

父はあの時、役場から本斗に出張していて、一年後に引き揚げてきた。私たちは、福井県北潟村（現・あわら市北潟）にある遠縁を頼って、そこに身を寄せていた。「父さん、来たよ」と村の人が教えてくれたけど、そこに現れた人はあまりにぼろぼろの服で、やせてみすぼらしくて、父さんとは信じられず、「父さん」とは言えなかった。ゲートルを巻いて、その下に百円札を入れてきたらしいんだけど、（途中で）スパイと疑われて全部取られてしまったらしくて、結局、持ってきたものは白砂糖をちょびっと（少し）だけ。

なんでそんなにちょびっとなのかというと、「海に流れて溶けちゃった」と。でも「残ったのを、一口でも子どもに嘗めさせてやりたいと思って持って来た」と言うんです。砂糖なんか無かった時代ですから。

それからカタン糸。つまりミシン糸です。父は、私が洋裁が好きだったことを分かっていたから、カタン糸が十個くらい箱に入ったのを持ってきた。

福井で地元の高等女学校に入ったけれど、私は名前で呼ばれず、「カラフト」「チョウセン」などと当時のいじめ言葉で呼ばれた。それで三日で辞めて、父が段取りしてくれた名古屋の服飾専門学校に入って、そこの寄宿舎に移った。昼は学校、夜は仕立て物をする生活になり、徹夜で洋服を作って、私はずっと一家の生活の面倒をみてきた。

海馬島のことを思い出しては、胸を詰まらせていたんです。故郷は遠きにありて思うもの、「ふるさとの山に向ひて言ふことなしふるさとの山はありがたきかな」と石川啄木が歌っていましたが、故郷のない人は多いです。私には、故郷があったが、帰れない。

海馬島といえば外地も外地、すっといけない外地です。北海道のアイヌ集落も行ったし、知床にも行った。一九九六(平成八)年にはサハリンに旅行し、本斗にも行ったが、海馬島は見えなかった。真岡は懐かしかったけど、乗ったバスは雨漏りがして、寂しかった。日本の最北端、最南端、全部旅行していますが、一番懐かしい海馬島をいっぺん見てから死にたいとずっと思っていました。でも、もう、こんな車椅子では行けないけど。

海馬島は海も山もすぐそばにあって、いいところだった。名古屋はいいとこないですが、海馬島は良かった。海はとてもきれいだったし。

一度、海馬島会に出たことがありますが、(懐かしさで、一緒に)泣いて泣いて、一晩泣き明かして過ぎてしまった。海馬島の人たちにずっと手紙も出していたけど、いつからか、返事が来なくなった。

今は、いつの時代の戦争であれ、命を落としていった方々に胸を張って、私たち日本人はどこの国とも戦争はしませんと言い続けたい。

「喜びも悲しみも幾歳月」の家族――西原 澪子

灯台守一家の一員として海馬島灯台があった長浜に一時居住・一九三六年～・熊本市在住。戦後の名画「喜びも悲しみも幾歳月」原作者の田中績・きよ子灯台守夫婦の長女。

私は、小学校三年ぐらいまでのことはあまり記憶にないんです。怖かったこと、辛かったことより、楽しかったことの方を覚えています。

『婦人倶楽部』一九五六年八月号に載った、当時、福島県塩屋埼灯台長夫人だった母の投稿「海を守る夫とともに二十年」が木下恵介監督の目に留まり、翌年、映画「喜びも悲しみも幾歳月」が生まれた。父母は一九四二年から六年にわたり海馬島灯台に勤務した。

海馬島灯台は、一九一四(大正三)年に樺太庁が建設。一九三九(昭和十四)年度に気象観測施設、一九四〇年度に近代的な方向探知・標識併設局が整備され、一九四四年三月には無線方位信号所が開設されて、戦時の日本海北部の海の守りの役割を担った。(『日本燈台史』より)

この地域では鴎《カモメ》のことをゴメと言いますが、学校は鴎沢《ごめざわ》という集落にあって、冬はスキー

高台に立つ海馬島灯台

で学校に通いました。猛吹雪になった日は、父が〝オーイ、オーイ〟と叫びながら、スコップを持って迎えに来てくれました。学校でスキーの授業が行われることはありませんが、灯台職員の家族に何人か子どもがいて、よくスキーをして遊びました。朝起きると屋根までいっぱい雪が積もっていて、三上さんという職員の人が、スキーが上手で教えてくれました。家はコンクリートの官舎で、屋上に雪が積もり、登って遊べるほど寒かったけれど、石炭ストーブをたいて暖を取り、室内は暖かでした。

学校の先生にどんな人がいたかはよく覚えていませんが、若い女の先生がおられました。複式学級だった時もあり、弟が一年で私が三年だった時もそうでした。弟が一緒だと余計に勉強を頑張ったような覚えがあります。

あるとき、教科書に「西は夕焼け……」とあるのを、若い女の先生が「西はタ《た》やけ」と間違えて読み、家でその通りに読んだら、それは「夕焼け」の間違いだと笑われたことを思い出します。

学校の近くに水産加工場があって、「カネセカワバタ　水産加工場　ポンクラ　ポンクラ……」という歌を歌いながら、とろろ昆布を機械で削っていました。ポンクラというのは機械の音のことです。スルメイカをのしイカにする加工場でも何人かが働いていました。

海馬島には砂浜はあまりなく、磯が主で、岩にノリがいっぱい付いていました。体長三〇センチぐらいのソイという魚や頭の大きなカジカもいて、兄について行って魚を釣りました。昆布や

ケントウガモの営巣地だった大沢

ウニ、アワビもあった。タラバガニもすごいのがあって、身を開いたのが戸板にいっぱい置いてあって、兵隊さんにタラバガニのゆでたてのあつあつをもらったような覚えがあります。

鴎沢の海岸に番屋があり、昆布が浜に干してあったり、屋内に高さ二㍍ぐらいに積み上げてあったりし、男の人たちが煮炊きしたり、寝泊まりしていました。中ノ島にはトドが五十匹以上も群れをつくって、大声で吠えていました。アザラシも春になると流氷に乗ってやって来て沿岸で赤ちゃんを産みます。私ら子どもは、その赤ちゃんを捕まえては遊んでいました。

よく思い出すのは、父と一緒に舟で三島《さんしま》(海に三個並んでいる離れ島)にケントウガモの卵を獲りに行ったことです。カモメの卵は真っ白ですが、ケントウガモの卵は緑色に褐色の斑点があります。岩に穴を掘って巣を作り、そこに産卵します。卵を獲りに行くと巣を母鳥が守っていて手をかまれることもありましたが、そう痛くはなく、バケツにいっぱい獲って帰りました。生みたての頃は鶏の卵のようです。三週間もたつと羽が生え始めていたりしました。

日本各地を夫とともに転々とした二十年の灯台守生活を回想した西原の母きよ子の投稿「海を守る夫とともに二十年」の文中、敗戦前後の緊迫した状況の中で六年を過ごした海馬島についての記述は少ない。ただ、「五月になると何千、何万というケントウガモが産卵にやってきます。ケントウガモは地中の穴に巣をつくります。そこで軍手をはめた手をさし入れて、生みたての卵もろともいけどりにするのです。北の燈台の親子丼は、このケントウガモでよくつくりました」と、ケントウガモの思い出だけは書き留めている。

母は忙しくて、何か書いたのはあの投稿だけ。（映画になって）あまりにも騒がれ過ぎた。海馬島のことは、苦しいことの方が多かったと思います。両親が生きているうちにもう少し聞いておけばよかったと思いますが、静かに葬っておきたかったのか、過去を切り捨ててしまった。

父はバイオリンで「G線上のアリア」とかを弾いたりして寂しさを紛らわせていましたが、器用な人で、パン焼き釜を自作したり、アルミ板を打ち出して、杓子や洗濯板を作ったりもしていました。母は、子どもを育てるのが大変だったと思います。何しろ着るものもない時代で、帯をほどいて私の洋服に仕立ててくれました。

私は、海馬島では、春の雪解けのころが一番好きでした。雪解け水の流れの中に真っ先

大正3年4月に開設された海馬島灯台

に出てくるセリやワサビをお浸しにして食べました。草原のアイヌネギ（行者ニンニク）も食卓に上がりました。福寿草もいっぱい咲いていました。灯台の近くの山の急斜面を登っていくと小高い丘に出て、ミヤマキンポウゲやクロユリなど、いろんな高山植物が咲き乱れていた。嫌なことがあった時は、この丘に登って心を癒やしていたように思います。

灯台も戦時中は灯火管制で暗幕を張っていたよう。家の電灯は、明かりが漏れないよう布で包んで。あのころはまだランプがあって、ホヤを掃除したことを覚えています。

終戦は八月十五日。ラジオ放送を聞いたように思いますが、後日であったのかもしれません。戦争に負けたということを正しく理解できていたか分かりません。

あの日突然、ロシア兵が島に上陸してきました。灯台は高台にあって、わが家は朝食の最中。「兵隊さんがいっぱい上がってくるねえ、演習やっているのかな」なんて思っていたら、ドヤドヤと官舎に上がり込んできて、置いてあった父の腕時計をポケットに入れ、灯台の器械を、持っていた自動小銃の先で壊して廻りました。みんな白人兵で、うちの中に十人ぐらい入ってきていました。ロシア兵は大きな船から降りて上陸してきて、集落の人はみんなその朝までに逃げました。一人か二人は残っていたように思いますが、灯台には何の連絡もありませんでした。

灯台には所長と職員四、五人と、それぞれの家族がいて、灯台の隣に官舎があって、所長のところへ裸足で駆けて行ったら、所長の奥さんが洗顔していたのか、白いタオルを降参のしるしに掲げました。ロシア兵は「ヴァダー、ヴァダー、ヴァダー」と叫んでいました。ロシア語で「ヴァダー」は水の意味です。英語で言えば「ウォーター」。三年、一緒にいる間にロシア語が少し分かってきました。

鴎沢の集落の人たちはいかにも慌てて逃げた様子で、朝ご飯もお茶碗によそったまま、お茶も置いたまま、荷物もそのままにしてありました。誰もいなくなった家は三年目ぐらいになると雪で押しつぶされ、朽ち果ててしまいましたが、置き去りにされたもので衣食住に役立てたものもあります。

灯台職員は、戦後もそのまま仕事を続けました。四人ぐらい残されていましたが、一年たったら、うちの父だけになっていました。

食料は、ロシアの人にもらっていて、父が無線技術者であったためだと思います。缶詰などもたくさんありました。しかし、戦争中の食糧難から逃れることはできず、大豆を炒り豆にして食べたり、ジャガイモやカボチャをふかして食べて暮らしていました。向こうのジャガイモは美味でしたが、米を食べた記憶はありません。終戦後はパンでした。

クジラ汁はよく食べました。脂身が多く、皮の下から五㌢ぐらい白いところが脂身で、その下が肉。なんといっても肉なのでそれなりにおいしく、豚肉や缶詰など、ロシアの人と同じものを食べてい

西原澪子さん（中）、海馬島生まれの妹・田中春代さん（右）、女島生まれの下の妹・作山葉子さん（左）

たように思います。灯台で豚を飼っていました。逃げ回ったのをロシア人が捕まえて、さばいて塩漬けにしたのを食べました。何カ月かおいておくとそのまま食べられるようになります。

私は六年生まで海馬島にいたわけですが、三年間は学校には一度も行けませんでした。ロシア人も何家族か、家族連れで来ていましたが、島にロシア人の学校はありませんでした。ロシア人も日本人と何も変わらず、お互い、遊びに行ったり、泊まりに行ったり、アコーディオンを弾いて踊ったり、それなりに楽しく過ごしていたように思います。でも、母は毎日、「日本に帰りたい」と言っていました。

島にはキツネがいて、畑を荒らしていました。父がとらばさみで獲って、なめしてえり巻きを作り、ロシア人にもあげていました。父はロシア人に灯台のいろんな仕事を教えていました。

父は当初、スパイではないかと怪しまれて苦悩していました。最後に必要がなくなったら殺されるかもしれないという思いがあったかも知れません。実際、人がたくさん殺されて焼かれたとも聞いています。父が「夜、帰ってくる時、火葬に出会い、体を突き刺して心臓がばっと出るのが見えた、自分も殺されるかもしれないと思った」と話していたことがあります。向こうの人も怖がっていたのだと思います。しかし、それは最初の一年ぐらいで、最後は涙を流して（ロシアの人たちと）別れました。

昭和二十三年八月末、一家で本斗に渡り、第四次引き揚げ船で函館に引き揚げました。「白龍丸」だったか、そんな名前に聞き覚えがあります。船上で亡くなった人がいて、海に水葬されたと、周りの人が話していました。私は直接、目にしたわけではありませんが、船が〝ボオーッ〟と葬送の汽笛を鳴らすと、可哀想だな、と思いました。

「樺太からの公式引揚げは米ソ協定がほぼ合意した二十一年暮れに実現。樺太・千島引揚げは二十四年六、七月の第五次引揚げまでの公式引揚げによって二十九万二千五百九十人が懐かしい日本の土を踏みしめることができた」（『樺太終戦史』）

船に乗る前に身体検査や持ち物検査があり、石鹸を切って、中に何か隠していないかということまで調べられました。持ち帰るものは何も無く、文字通り着の身着のままでした。

父母は、これから大変だなどと、心細い気持ちだったと思います。父の実家がある千葉にいったん引き揚げ、小学校六年に転入しました。いじめられましたが、昭和二十四年四月に父が五島《ごとう》列島の女島《めしま》に転勤になり、五島の玉之浦に転校しました。

自家製練りウニのおいしかったこと――佐藤 芳雄

――本斗町出身・十歳の夏、海馬島に遊ぶ・一九三〇年〜・東京都八王子市在住。――

父親は山形県酒田市出身。次男で、一家で本斗に移住して床屋を経営していた。この店に海馬島から奉公に来ていた若い娘さんの縁で、子ども時代のひと夏、海馬島で遊んだ記憶は忘れられない。今は樺太なんていう地名も分からなくなっているような時代。いま生き残っている人たちに読んでもらいたいし、後世に何らかの参考になると思って二〇一四年に『わが懐郷の地 樺太「本斗町」』という私家本をまとめた。これは故郷の本斗町の面影を書いた文章を整理修正して一冊にまとめたもので、昔と今の本斗町のことが中心。海馬島の懐かしい思い出は、一九八七年の東京本

佐藤芳雄さん

斗会の文集『懐郷本斗町の憶出』につづった。

その文というのは、こんな内容だ。

小学五年当時の思い出で、今あらためて見直すと記憶違いの部分もいくつかあるということだが、あえて原文のまま(カッコ内も)、佐藤の回想記「本斗沖合に浮かぶ想い出の島――その名は〈海馬島〉――」の一部を紹介する。


朝日かゞがやく斗校陵／笑みて浮かぶや海馬島／四時つきせぬ眺めにて。……

本斗小学校々歌にも唄われ、町のいたる所から西方海上に望まれ、常に親しまれていたあの海馬島は、今やわが故郷本斗町はもとより樺太本島と共に私達の眼前から消えてしまい、あたら幼き日の望郷の彼方へ去り、既に四十余年が過ぎてしまった。

この故郷の島海馬島は、私にとって、典型的海岸段丘の上に展かれていた本斗公園、とりわけそこのあづまや近辺からの眺望が深く印象に残されている。こゝからの景観は、眼下に巾の狭い、長く伸びた所謂《いわゆる》〝ふんどし街〟といわれた本斗町の街並みが見事な展がりを見せ、真正面の港、沖合の防波堤、出船入船のにぎわい、その先遥かな水平線、そこに浮かぶ海馬島、自然の景観をたっぷり満喫出来、特に夕陽が真赤に沈んで行く頃合が素晴らしかった。

たしか小学五年の夏休みだったと記憶しているが、理髪店であった私の家に当時弟子入りしていた富枝さんという人の海馬島への帰省に便乗して私は約二十日間位、この島を訪れたことがあった。本斗港からポンポン蒸気の島通いの小さな連絡船に乗り四〜五時間かかったように記憶している。荒波であったのか、出発前に食べたバナナのせいか、船室のペンキ臭のためか、すっかり船酔いしてしまい、ゲーゲーやるやら、船室の畳の上でゴロンゴロンするやら悪戦苦闘の記憶があるばかりで、洋上からの景色の記憶は何も残っていない。島への着船は直接々岸ではなく、沖合で小さな舟に飛び移って行われ、子供心にそれが非常に恐ろしく、肝を冷すばかりか、えらいところへ来てしまったと思ったものだった。

島は全周で約四粁《キロ》位、島全体がガンケワラ即ち断崖からなっており、自牛のナデシコの群生が美しかった。島内三〜四ケ所にほゞ平地的なところがあり、そこに小村落が形作られていたようだった。私はそれらのうち、元村港の直ぐ近くの部落にある富枝さんの実家へ滞在させてもらったのだが、夜になっても電灯がなくランプが灯され、だから各家とも就寝時刻は早く、夕食も明るいうちに済ます。おかげでこの滞在中、早寝早起のヘルシーな生活が出来、豊かな自然と相まって壮快の気を満喫したものだ。こうした環境にあってか食事が楽しく、自家製の練りウニが殊《こと》の外美味しく印象に残っており、或る時など茶碗八杯のおかわりして驚かせたのを覚えている。

この練りウニの原料であるウニつまりガンゼは島を取巻く何処にも群がっており、澄んだ海底にうようよしている。短いトゲの茶色小型のものから、五〜七糎《センチ》の長いそれをもつ紫色の大型のもの等種類も多かった。

島内では狐が保護動物となっていて、捕獲は、もっての外の御法度、或る夜ふと目をさますと、狐が勝手に台所に入って来て飯にありついているのを目にした。聞けばこんなことは別に珍しいことではないとか……。

ガンケワラでの生活のためか、島内では皆ワラジ履きであった。私もその作り方を教わって自製のワラジ履きで跳び歩く毎日であった。早起きの毎日は昆布取り旗挙げから始まる。この昆布取りだが、各自勝手に獲る事はゆるされず、この為その獲る時間が決められていて、確か午前四〜九時だった様に思うが、この間元村港の突堤に旗が掲げられる。この旗挙げは部落の若者が二名づゝ交替で行うのだが私は特別のはからいを得て毎日この仲間に加えてもらうことにした。そんな或る朝、旗挙げが終って、しばらく経て、突然対岸の小さな島までの海水が引いて海底が露わになった。それで一同面白いからそちらへ渡ろうかなどと話合っていた。そんな時漁師の数人があわてゝすっとんで来て旗を降ろせと気負いこんでいる。けゞんながら降ろした。間もなく、何んと今度は先程去った海水が猛然と押し寄せて来るではないか。津波だったのだ。寒肌ものではあったがめったに得られない経験だった。

近くの海岸線にトッカリ村というところがあった。トッカリがいて危いから決して一人では立寄るなといわれていたが、遠望するに近くにはえぼしを伏せたような恰好のエボシ岩が美観で、幼な心の好奇心もあったのであろう、こっそり出掛けて行った。巨大な海馬が或は砂浜に転がり、或は海にポッカリ浮いているものもあり、さすがに恐ろしさもあって木の間から見ていたが、まさに壮観であった。

本斗沖洋上にポッカリ浮かび四季こもごもの姿を見せ、常に町民に親しまれてきた海馬島、その在り日の事共を偲ぶにつれ、いろいろな思いが走馬燈のように駆けめぐる……。

海馬島は文集に書いたようにまさにガンケワラ、安山岩と玄武岩の柱状節理の崖に囲まれた島で、対馬《つしま》海流が本斗まで来ていて暖流に洗われている。樺太にはもう一つ、海豹島《かいひょうとう》という、ロッペン島で有名な島があって、私も（旧制）中学時代に海豹島にも一度行ったことがあるが、冬は凍ってしまう東海岸のオホーツク海にあって、冬でも凍らない海馬島とは大分、様子が違う。海馬島は沖縄の海を想像してもらえばいい。海の色はコバルト色で、水は透き通っている。

文集に書いたのは、当時でも四十年以上前の子どものころの思い出を羅列したもので、今見直すといろいろ記憶違いの部分もある。島は全周で四キロとしたが、実際は二〇キロだし、元村港というのは地図を見ると宇須港（中島港）。はしけに乗り換えて港に着いたが、高低差があっておっかないなと思った。編み上げの靴をはいていたら、そんなのいっぺんにダメになると言ってわらじをくれた。作り方を教わって自分で作ってずっとはいていた。ガンゼとはバフンウニのこと。そして何地震かは分からないが、ちょうど海馬島に行ったときに津波があったのは、本当です。

一九四〇（昭和十五）年八月二日午前零時八分、積丹半島沖地震（神威岬沖地震、マグニチュード

7・5）が発生した。天塩などで死者十人、津波は利尻島で三㍍、天塩、羽幌、樺太西海岸で二㍍。海馬島付近では一九七一年九月六日にもモネロン島地震（マグニチュード6・9）が起き、震度3の稚内で、一㍍未満の津波を観測している。

終戦は中学二年の時で、その一ヵ月ぐらい前から勤労動員で内幌の炭鉱に行っていた。八月十五日は、たまたま炭鉱が休みで、寮にいて洗濯なんかしていたら、親父に赤紙が来たという母親の知らせで家に帰った。

親父は丙種合格で、そんな年になってからかと慌てて家に帰ったが、外にラジオを持ち出して玉音放送を聞いていた町内の人らがおいおい泣いていた。

それで、八月二十日に本斗から出る最終の緊急疎開船に乗った。船は前日の十九日に出る予定だったが、一日延びて、ちょうど私の十五歳の誕生日。十四歳以下しか乗ってはいけないということだったが、母や妹、弟と一緒に家族四人でなんとか乗り込んだ。真岡に艦砲射撃があってソ連軍が上陸した日で、北の空が真っ赤に見えた。父はそのころは日通に勤めていて、帰るなということで一緒に帰れず、三年ぐらいたってから脱出してきた。

終章　そして誰もいなくなった

村の歴史が消えて行く前に

地図を開けばアジア大陸の東側は、カムチャッカ半島から千島、日本、沖縄、台湾と弧状に島々が連なる。日本列島とは、この花綵《はなづな》のように連なる島々の一部分をいっとき勝手に区切った呼称なのだが、ここに人が住みついたのはいつのことだろう。自然界ではひとつながりの海と陸の間に、ある日、国境線が引かれ、国家や領土という名で人のつながりは分断された。

樺太《からふと》には、古くから先住民が住みついた。領土問題とは、後から来たものたち同士の争いのように思える。

江戸初期にはすでに幕府にその存在を知られ、北海道や東北などの漁民が行き来しただろう海馬島《かいばとう》も、人の足跡をたどれば太古にまでさかのぼるが、それがいったい、どのような人だったかは分からない。江戸後期、樺太先住民のアイヌの人たちがこの島を生活圏としたことは疑いないが、明治後期以降、日本が南樺太を領有した四十年間は、海馬島も日本の一つの村としての歴史を刻んだ。

しかし、その村の歴史はいままさにあっけなく、まるで何も存在しなかったかのように消え去ろうとしている。日露戦争の勝利に始まり、太平洋戦争の敗北に終わる日本領時代に限っても、この島に確かに存在した村の通史はいまだ見当たらない。この先、なぜか随分と立ち遅れている樺太史研究が進展することがあったとしても、海馬島に暮らした人々の生の証言を得ることができる時間は、もうほとんど残されていないだろう。

今回、主に北海道に住む海馬島出身者で結成し、一九七四（昭和四十九）年から二〇〇四（平成十六）年まで、三十年にわたって毎年、総会を開くなど活動してきた親睦会「樺太海馬島会」の元役員らの協力で、取材可能な約三十人のほぼ全員に取材し、その要点を各章で紹介してきた。ジグソーパズルの埋まらないピースはまだ多く残されているし、どこまでが真実で、どこに誤りがあるのか、今後、さらにただしていく課題が残るが、そのたたき台として、今回得られた生の証言と、これまで残されて来た記録や資料、回想記などを総合して、海馬村の暮らしの情景と終えんの状況を以下、推し量ってみたい。

歌声が響く、のどかな漁村

一九〇五（明治三十八）年、日本領となった海馬島に移住した漁業者は北海道や東北など日本海沿岸各地から来ていたが、二十年が過ぎた昭和初めごろには村としてのまとまりを見せてきて、二世も増えた。ニシン景気はもはや幻となったが、それに代わる昆布、イカ、タコ、ナマコ、ウニなどの磯漁も定着し、少し沖に出ればタラも豊富で、集落のたたずまいも落ち着いてきた。

学校の教室の窓からは子どもたちが歌う「村の鍛冶屋」などの唱歌が聞こえ、水産加工場ではとろろ昆布を削ったり、のしイカを加工したりする人たちの仕事歌が聞かれた。一つの漁が終わるごとに大勢の人が集まって宴会を開き、漁の歌や民謡など、にぎやかな歌声が響いた。謡曲をたしなむ人、バイオリンやオルガンを弾く人など趣味も広がりを見せた。

孤島とはいえ、連絡船で樺太本島に渡ったり、小樽の町へ出たりすることもできた。北海道から三越が定期的に島を訪れており、高級食器などを買いそろえる家もあった。

縁起物のクジラ汁で年越しし、主人が若水をくみ、神社への初もうでも普通に行われた。一年の半分は冬で、太陽はめったに顔を出さなかったが、ストーブやマントルで暖房が効いた屋内は暖かで、漁のない男は編み物などをした。

本島に渡り、木の切り出しなどの出稼ぎに出る若者に出会いがあり、本島から嫁を迎える家もあった。とはいえ島内での縁組が主で、村中が親戚のようだった。家に鍵をかけたりする必要もなかった。水場は何軒かで共有し、天びん棒で水桶を運んだ。みんな助け合い、支え合って仲良く暮らした。

春は雪解けの渓の水音に始まり、ワラビ、ゼンマイ、フキ、タケノコなどの山菜が食膳《しょくぜん》をにぎわす。水ぬるむ春の海にニシンの大群は消えても、ウニ漁や昆布採りが一斉に始まる。ナマコ、タラ、イカ……と、磯漁はひっきりなしに続く。

子どもたちも畑仕事や浜に出て親の漁を手伝ったり、子守りをしたり。親やきょうだいとケントウガモやカモメ、オロロン鳥の卵を獲りに行ったり、浜で遊ぶアザラシの子を捕まえて遊

北古丹の嶋田家の人々

んだりした。

漁家は夏季、浜の仮小屋に家族で寝泊まりした。ムシロを底板代わりにニシン釜の五右衛門風呂に入ったりしながら漁に精を出した。磯浦、大沢、長浜、宇須《うす》などの浜にはまだ、ニシン黄金時代を物語る番屋が残っていた。

五十嵐《いがらし》漁業合資会社の本拠となった宇須の番屋は、空き家であっても「ニシン御殿」さながらの荘厳さで、学校の遠足の目的地となった。

高緯度地方だけに夏の日照時間がやたら長いが海霧も多く、敗戦で島を逃げ出る時には思わぬ好都合となった。秋はススキやおだんごを供えて月見をした。

大海の中にあって遮るものが何もない島は年中、強風が吹き荒れた。ガンビ坂のダケカンバ林は風と低温霧で背が伸びず、枝はハイマツのように地をはった。草原や岩場のさまざまな高山植物群落が春から夏にかけて色とりどりの花を咲かせ、島全体は花の島となった。

岸壁に咲き競うエゾエンゴサクの花

一九三六年六月十九日に、海馬島でも見事な金環食が見えたが、本島で見えるようなオーロラを見たという人にはまだ出会えていない。それでも満天の星は海に降り注ぐほどに輝き、朝日、夕日の海の感動的な光景は島人の心に焼き付いた。

「終戦」後、生死の淵に立つ

中島港の沖にある馬山岩《まさんいわ》は一九一一（明治四十四）年、日本海航路の馬山丸が座礁した事故に由来する難所だが、別名「万歳岩」という。出征兵士がこの岩まで万歳を繰り返して島を後にしたからだ。

一九三七年、防空演習が始まり、日本軍南京入城を提灯行列で祝った。北の辺境の小さな島も、軍国日本の統制から逃れることのできない、国家の中の一つの村だった。

海馬島灯台は設備を増強し、灯台から望楼台の監視所まで軍用道路ができた。児童は校庭に建つ両陛下の写真（ご真影）と教育勅語を納める奉安殿に最敬礼を強いられ、怠ると大ビンタを食らった。女は、男手が足りない本島の軍需工場に徴用に出たりした。

しかし、戦況が悪化する以前から、出征兵士の鼓舞激励の儀式は軍事機密として行わ

戦災の跡が残る通信施設（2015年）

れなくなり、戦死者の帰還もひっそりと行われた。空襲警報が出る度、母は子を抱えて防空壕に走り、夜は明かりが漏れないようランプを黒布で覆い、灯台に暗幕が張られた。手習いの針を竹やりに持ち替えた女たちの戦闘訓練は悲壮感を漂わせて本格化し、戦場の兵士と同じ気概で目前に迫り来る敵兵を迎え撃ち、突き殺すんだと、本気で訓練に励んだ。

一九四五年八月十五日。玉音放送で終戦が伝えられるが、それより前の八日、ソ連が中立条約を破棄して日本に宣戦布告し、九日未明から南樺太に侵攻した。西海岸の恵須取《えすとる》も空襲や艦砲射撃に見舞われ、海馬島にも戦火が間近に迫っていることが伝わった。

全国樺太連盟の機関紙『樺連情報』（一九六九

年一月一日）にある竹田正雄（海馬島有志・漁業・雑貨商）の寄稿「恐怖の海馬島」は、当時の緊迫した状況を以下のように伝える。

十六日には通信が吐絶した……。（十五日に）終戦の知らせを聞いたとき、各区の関係者が中央北コタンの島田旅館＝島田定一氏経営＝に集まり、泊り込みで相談した。陸海や警察、村長、村会議員らで話し合ったところ、大勢は一日も早く引き揚げようということだった。ところが陸軍が反対した。当時宮本という中尉と軍曹二人が出席していて、命令に従わねば殺してしまうという。とうとう八月十八日、高木政雄村長が陸軍に捕まってしまった……。

予期せぬ「終戦」に島内が徹底抗戦か早期脱出かで動揺したことは、今も元島民らの記憶に残っている。村長、区長らは樺太庁が勧める「緊急疎開」を急ごうとした。ところが、島に駐留する陸軍が徹底抗戦を主張し、対立した。泊皿《とまりざら》では、事あれば全員自爆を念頭に、男たちが総出で「十何軒、みんな一緒に自爆するんだ」と一階山に三十ほども壕を掘った。

二十四日には稚内の宗谷《そうや》から望楼台の監視兵を撤収させる海軍の引き揚げ船が来た。住民もできるだけ疎開させる意向で、いったんは一部住民がはしけに乗り込んだが、島の陸軍がやはり、「海馬島は死守するんだ」と強硬に反対したため、戻るほかなかった。小っぽけな漁船しかない島にしてみれば海軍の艦船は立派で心強かったが、結局、監視兵と少しばかりの荷物を乗せただけで島を去った。

そのころには、樺太西海岸は恵須取だけでなく真岡《まおか》も地上戦の戦場と化していて、戦火に焼かれた建物などの残骸や遺体が、海流に乗って対岸の海馬島に漂着した。眼下の海に差し迫る恐怖を感じた南古丹《こたん》の人たちは、「もはやこれまで。夜中の十二時にみんなで死のう」と集団自決を覚悟し、お寺の坂道にあった防空壕に集結した。

そこに突然、軍に拉致されて行方不明となっていた村長が現れた。村長は三区の人気のない海岸端の岩場で棒杭に縛られて拘束され、爆弾を仕掛けられて殺されかけたが、自力で縄を抜けて海に落ち、泳ぎが達者だったので危うく命拾いした。二晩洞窟に隠れているところを住民らが探しあてたようだ。

南古丹の寺の参道にある防空壕に駆け込んだ村長は「船を手配したので、今すぐ逃げてくれ」と脱出を指示した。みんな、その足で港に行って船に乗り込み、逃げるように島を後にした。船はボロ船で途中で故障し、何日も漂流しながらも北海道に上陸した。ソ連軍が海馬島に上陸する寸前の脱出だった。間一髪で多くの人が無駄死にを免れた。

鴎沢《かもめざわ》ではそれより先に海のナギを見ていち早く脱出し、難なく引き揚げた家族もあった。その後も機をうかがって、持ち船や人づてに利尻などで頼んだチャーター船で脱出した人も相次いだが、いずれも一区と二区の住民に限られた。

九月初めには中央の港にソ連の軍艦と兵士が駐留していたが、山がちな地形、狭隘《きょうあい》な道路事情、船が隠れるにもってこいの小島や巨岩などが沿岸に点在する海馬島特有の複雑な地形は監視の目を遮り、脱出者には有利に働いた。ソ連兵に少しずつ慣れてくるうち、みんなで申し合わせて酒を飲ませて酔わせ、夜中に寝込んだすきに一目散に逃げてきた一団もあった。九月、十月と季節が進むうち、一区と二区はもぬけの殻になり、三区だけが取り残された。

密航監視所となった海馬島

ソ連軍に占領されたといえばそうだろうが、三区の泊皿集落の三十軒余、約百六十人は終戦直後の混乱から落ち着きを取り戻し、通常通りの漁の仕事を続けた。島はソ連軍の密航監視所となっていたようだ。樺太本島から海馬島を経由した密航体験談にも、そんな情景が出てくる。たとえば――。

『ひろち 第三十周年記念誌』で鳴海義明は、一九四五年十月十日、周到な準備の末、樺太西海岸の姉内を約四十人で出た体験をつづる。密航船は、夜半からの大シケで稚内を目前にしながら入港を断念、ソ連監視所と知りながら海馬島に避難し、ソ連兵に船の航行に欠かせないコンパス、火薬、エンジンのノズルを取られ、小学校室内運動場に収容された。鳴海によると、一行より先に秋田出身で樺太西海岸の缶詰工場で働いていた男三人、女十人ほどが密航に失敗して収容されていた。数日後にはソ連本国に連行されるということで再度密航を決断し、ソ連兵に酒盛りを仕掛け、ダンスで踊り疲れさせて寝た隙にノズルを取り返し、島を脱出した。

また、恵須取第一小学校の同窓会誌『夕陽が丘第二集』にある、終戦当時、十九歳だった森本光子の回想『艀《はしけ》』では、以下のようだ。

八月三十日の夜、暗闇の中、南名好《なよし》港を出港……艀の船べりを波が越えてくる程の荒波を越え、早朝霧の中の海馬島に着いた。どんなご縁であったのか、丘の上の学校住宅で、心づくしの食事を頂いた……また、夜を待ち海馬島を出る。昨夜に続きソ連の飛行機が探照燈で海面をなめるように探索する。その視野に入った時は海の藻屑となる。近く寄って来た光がスーッと外れて行く……白々と明け初める空に、霞を引いた利尻富士の美しかったこと。神々しかったこと。……

ただ島民だけの島というのでなく、樺太の人たちの生殺与奪の権を握るソ連軍の監視島としての役割を担った海馬島の、敗戦直後の緊迫した状況がうかがい知れる。

この随筆の作者も運がよかった人の一人だが、一区、二区で置いてきた荷物や備蓄食料などを本土から取りに来る船が少なからずいたというから、監視も甘かったようだ。

十一月半ば、稚内から助けに来た船で、取り残されていた泊皿住民が丸ごと脱出に成功した。本斗《ほんと》と海馬島の連絡船「暁丸」の元船長で、本斗で若松旅館を経営し、終戦直前に北海道天塩《てしお》町に引き揚げていた若松市郎（後

『遥かなる海馬島』の表紙

に天塩町議長)が、泊皿集落の会長をしていた義弟からの手紙を読み、船をチャーターして救援に来た。以下は、本人の手記（『遥かなる海馬島』より）。

途中からシケてきた。ソ連兵が船澗《ふなま》に帰った後の午後七時ころ島の沖に着いた。鎌形繁国民学校長が臨時村長を委託され、官舎はソ連軍との間に電話が引かれてあった。私の船を見て駆けつけた青年団員にまず電話線を切断させたあと、青年八人を部落と村の間の道路にかかっている橋の警備につかせた。そして米、大豆等百俵と、部落民一戸の荷物を五個と限定して浜に運びだした。船では発動機をかけながら、大豆と米を積み込んだ……午前五時、男達はデッキに立ち、ともから雪みぞれと波をかぶって大シケの海峡に向かった。海上は、もやが覆って何も見えない、脱出には絶好の条件ではあるが、このシケでは操船して稚内に着くこと自体難しかった。しかし、昼を少し過ぎた頃、もやのかげに礼文《れぶん》島のトド島が見えてきて、ようやく船泊港に入港できた……。

若松が稚内でチャーターした船は二隻だった。もう一隻の船は少し遅れて出発し、各戸五個ずつの荷物を乗せてくる手はずで、みんな、浜までその荷物を下ろして身一つで逃げてきた。ところが、稚内に着いてみると、その船はカラだった。さらに手記は続く。

船長が船から降りるなり「津島良治さんが殺された」と、青ざめた顔で言った。その話によると、船は午後八時頃、島の沖に着いた。伝馬船を下ろして、乗っていった人の半数が食料を取りに向かった。残りは荷物を取りに行った。津島さんは山のように積んである荷物の中から、自分の物を探そうとして、荷物の上に上ったとき、爆発音とともに吹き飛ばされた。見ると誰が仕掛けたのかはわからないが火薬と、それを詰め込んだらしいビール瓶と乾電池があったというのだ。この音で、ソ連兵が来るのを恐れ荷物も積めずに逃げ帰ったのだった。

礼文島の海馬島（左奥）が見える浜中の海岸

実態と食い違う公的記録

一九四五年、樺太の日本人人口は、三十八万人(外務省)、四十一万八千人(『樺太終戦史』)、四十四万人(『戦後史事典』)などと資料によりばらばらである。八月十三日に始まった女性と子どもの「緊急疎開」は二十三日の海上封鎖まで行われたが、約七万六千人(外務省)、約八万人(『稚内百年史』)、約八万七千六百人(『樺太終戦史』)と、これも数字は食い違う。

一九四六年から四年がかりで米ソ引き揚げ協定による「公式引き揚げ」が行われ、軍人一万二千人を含む二十八万人(『樺太終戦史』)が本土に引き揚げた。だが、海馬島の場合、函館援護局調べでは公式引き揚げ者はゼロだ。緊急疎開も、配船の都合で一人もいなかった(『南樺太』より)。緊急疎開と公式引き揚げのほかに、漁船などで自力脱出した人が約二万四千人(同)いるというから、恐らくほぼ全島民がそこに含まれる。

海馬島引き揚げに関する公式記録に、外務省の「ソ連地区邦人引揚各地状況(中共地区含)樺太・千島の部」と、厚生省の「引揚者在外事実調査票」がある。

このうち「ソ連地区邦人引揚各地状況(中共地区含)樺太・千島の部」の中の「樺太地区密航脱出状況一覧表」は、戦後も間もないころに外務省がまとめた資料で、一九五一年六月現在の人口移動表の付表を見ると、海馬島の在籍人口七百五十人中、七百四十人が密航脱出し、九人が「正式引き揚げ」とあり、ほぼ全島脱出を裏付けている。このことは、樺太の他市町村と比べて海馬村の際立った特色といえる。

また、樺太密航脱出者の総数は一万三千二百八十人とある。このうち西海岸からは四千六十人とある。西海岸のなかでも海馬島を出発地とするものは五百四人で、内訳として以下の七件の記載がある。一九四五年中のことで、出港、上陸日時は不合理なものもあるが記載通りとした。（所要時間のみ、筆者が加筆。）

九月五日午後五時出港、五日午前三時上陸（所要時間十時間？）、鴎沢——稚内（海上少し荒れ）、六十人、一八トン発動機船、漁夫及家族……❶

九月八日午前七時出港、八日午後四時上陸（所要時間九時間）、鴎沢——稚内（海上穏）、十四人、一〇トン発動機船、漁夫及家族、友人及家族……❷

九月八日午後十時出港、九日午前十時上陸（所要時間十二時間）、海馬島——稚内（海上大荒れ）、七人、七五トン発動機船、軍人家族……❸

九月十三日午前四時出港、十三日午後六時上陸（所要時間十四時間）、北古丹——稚内

（海上穏）、四十七人、三〇トン発動機船、運送業及家族、……❹
十月二十八日午後六時出港、二十九日午前二時上陸（所要時間八時間）、泊皿―礼文船泊（海上少し荒れ）、六人、漁業其他、七トン発動機船……❺
十月十九日午前四時出港、十一月十九日午後三時上陸（所要時間十一時間？）、泊皿―礼文船泊（海上大荒れ）、百八十人、漁夫、商人及家族、友人、四〇トン発動機船……❻
十一月二十一日午後十一時出港、二十二日午前七時上陸（所要時間八時間）、泊皿―礼文船泊（海上大荒れ）、百九十人。公吏及家族、友人及家族、五〇トン発動機船……❼

この一覧をみると、所要時間は八～十四時間で、体験者の証言と合うものもあるが、まるで合わないものもある。漂流して何日もかかった密航は、ここには反映されていないのだろうか。そもそも七回の渡航で五百四人が脱出したことになっているが、暗夜の密航脱出がそう効率よく行われたとは思えず、七件だけというのは過少に思われる。

特に、❻の出港日と上陸日は、証言を重視すると十一月十四日深夜か十五日未明の泊皿の脱出劇のことだろうか。それとも証言のような脱出劇はこの一覧では欠落しているのだろうか。また、❼の百九十人脱出は本当だろうか。泊皿のどの人も「最後に残った泊皿のほぼ全員が一隻の船で逃げてきた」と証言しており、全く食い違う。あるいは本来の出発地でなく、避難して海馬島を出港地として届けた樺太本島からの脱出船があったのだろうか。仮にそうだったとしても、泊皿の住民らが丸ごと脱出した直後、厳戒の監視網をくぐってそのような大規模な密航ができたとは考えにくい。

つまりこの資料は、希少な公的記録とはいえ、海馬島の一村全島脱出の実態を忠実に反映しているものとは言い難い。

九月に集中した密航脱出

次に、「引揚者在外事実調査票」は一九五六年、総理府に設置された財産問題審議会の審議資料として当時の厚生省がまとめた、敗戦時に外地にあった世帯について、世帯主が代表して記入したものだ。このうち、「樺太本斗郡海馬村 北海道あ～わ」としてまとめられた一冊は、海馬島在籍者で調査時点で北海道に居住する世帯についての調査表のつづりである。国立公文書館で一部を黒塗りした形で部分公開されたこの資料を見ると、全部で九十五家族、五百三十五人の家族構成や職業、生年月日、引き揚げ出港地と上陸地、船名、その年月などが記されている。

　この中で、今回取材した元島民の記憶にほとんど残っていなかったのが、引き揚げてきた船の船名である。この調査時点でも、記述なしが五十五件、発動機船、機帆船、小型漁船、漁船としたものが計八件あったが、残る約三割は記述があった。ただ、清辰丸、清晨丸、清進丸、清新丸、第二清晨丸、清運丸、晴新丸というように名が似通った船が十件あり、いくらか混同もありそうだ。連絡船の暁丸も六回登場するが、これは島民になじみ深い船だけに恐らく確かだろう。泊皿集落の集団脱出船は、複数の人が記す「元法丸」とみて間違いないだろう。

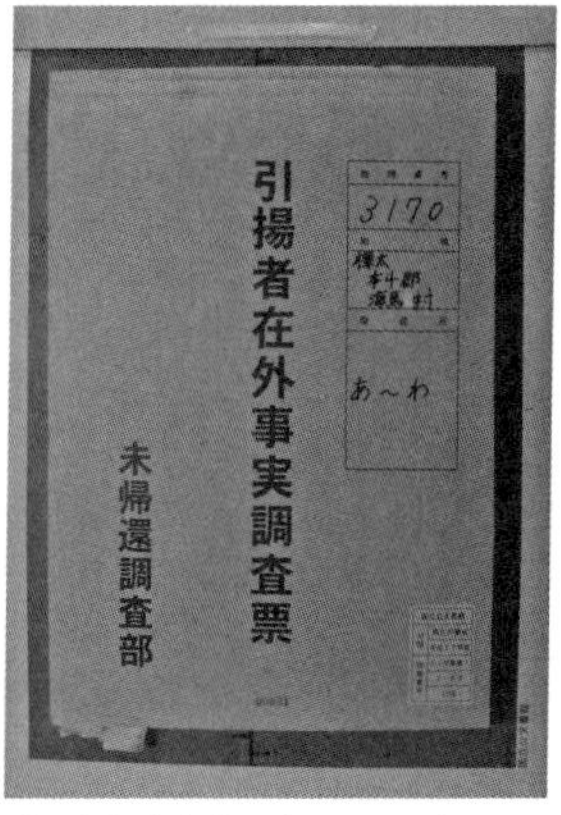

引揚者在外事実調査票のつづり

　一方、生年から年代を推定できる五百三人の年代構成は、〇～六歳が百十二人で、全体の22％と最多。十五歳未満の子どもは二百三十二人で、46％、二十歳未満とすると二百八十六人で、57％に達する。逆に最も数ない年代は二十代の五十一人、10％。このことから、敗戦時の海馬島は子ども主体の「銃後の島」だったことがうかがえる。

　また、引き揚げ年月日が記載された調査票のうち八月中の引き揚げ者は、鴎沢の二世帯が十八日から二十日にかけてと二十六日にそれぞれ稚内に上陸した二件のみ。九月上旬になると主に鴎沢、古丹から利尻島や稚内に上陸した例が三十四件、九月中旬も同様に十件、下旬と十月中はそれぞれ三件と減少、十一月は二十三件と増え、泊皿の世帯のみとなっている。この引き揚げ動向は、島民の証言ともおおまか符合している。

しかし、これも切羽詰まった状況下、家族もバラバラに決死の脱出を遂げて十年余を経てからの調査とあって、上陸年月や上陸地の記述がまったくないもの、証言と対照して明らかに違うもの、家族の生年月日も疑わしいものも多々見られた。

北海道には、この調査に回答した人たちのほかにももっと多くの海馬島出身者がいたはずだが、すでに亡くなった人もいたのだろうか。北海道からさらに他県に移って落ち着いた島出身者の家族も少なくないだろうが、他県分は未公開資料が多く、いまのところこれ以上は確認できていない。

役場などの公文書は敗戦時に焼却処分されたとみるのが通例だが、樺太の四十二市町村中、遠淵《とおぶち》、知床、富内《とむない》、元泊、内路、散江《ちりえ》の六村は戸籍簿の一部が外務省に残されているという。だが、海馬村はここに挙げたもの以外、公的記録は何も残されていないようだ。

島人たちは命からがら、着の身着のまま、生死の境をかろうじて生き延びた。わらをもすがる思いではしけに乗り、やっとの思いで岩陰に隠れた助け船にたどり着き、波しぶきでずぶ濡れになってただ荒波に揺られて本土を目指すとき、そこに誰がいて、誰がいなかったか、自分や自分の家族以外のことなど誰にも分からない。家族もばらばら。とにかくそこにいる者同士、その一瞬の判断で進むべき道を選び取り、助け合って逃げてきた。

宗谷海峡は当時、機雷の海。ソ連機による空からの監視もあった。夜陰に紛れ、雲霧に乗じ、シケや、機雷だらけの海を漁船で乗り切ろうというのは死も覚悟の上のことだった。逃げる時に撃たれたりして命を落とした人も若干いた。

それでも、ほぼ全島民が北海道に無事に上陸した。そもそもほとんどが本来、海慣れた漁民だったのが幸いしたのか、それとも、異郷でも逆境でも強く生き抜く初代譲りの開拓者精神の支えを内に持つからだろうか。

海馬島に最後まで残った(残された)日本人は、海馬島灯台の灯台守の一家だった。それも一九四八年夏には引き揚げ、海馬島には、ロシア(ソ連)の灯台守を除いて誰もいなくなった。

家族の肖像。泊皿の金キヨさん（左から3人目）と姉、弟、叔母（後）

失われた豊かさに気づく

日本の北の辺境の孤島に、かつて確かに存在した一つの村。海の幸豊かで、高山植物の花が咲き乱れる美しい自然の中で、歌声や笑顔にあふれ、自然とともに生きる、つつましくも穏やかな暮らしが息づいていた。戦後七十年を経てなお、当時の子どもたちの消えない記憶として残る平和な島の情景がほの見えてきた。

無謀な戦争で、多くの人命が理不尽に奪われた。生き残っても傷つき、ふるさとや家族や家を失ったり、衣食に困窮する人も多かった。それでも敗戦のどん底から立ち上がり、新しい平和憲法の下、歯を食いしばり、死に物狂いで働いて日々の平穏を取り戻した。

やがて「もはや戦後は終わった」と言われ、いつか世界有数の経済大国になり、町も村も物にあふれた。山や川や海は産業と生活の主たる基盤ではなくなり、自然の恵みや心のゆとり、落ち着いた暮らしは失われていった。

いま、社会はますます複雑化、高度化している。人びとの意識も関心事も、自然に依拠して暮らした昔とは大きく変わってきたが、自然はそう、人間にやさしいばかりではない。阪神大震災や東日本大震災、福島第一原発事故などは、科学技術を過信して自然の摂理より人間社会の都合を優先し、「豊かさ」という名の利便や欲望を際限なく追い続けるあまり、人類存続の危機さえ招きかねない「現代文明」の退廃に対する警鐘であろう。人が人として生きるために、人びとがともに生き続け、自分が生きてきた社会と同じように子々孫々が生きる社会がいつまでも存続するためにもっとも大切なことは何なのか、ほんとうの豊かさとは何かがいま、問われている。

昔、日本にあった一つの平和な村を、歴史から消し去ってはならない。それはそれは美しい、海の幸豊かで花いっぱいの海馬島で、大もうけはできなくても、だれもそれなりの暮らしができ、自然とともに穏やかに暮らした「宝の島」に、私たちが学ぶべきことはあまりにも多い。

そしてその平和な村が、戦争によって消滅したことも。生の輝きを一身に享受していた人々が、いきなり戦争の最前線に立たされ、根こそぎ、故郷も暮らしも奪い取られたこと、人間の尊厳も何も顧みられることのない状況で生死の淵をさまよい、子どもたちが塗炭の苦しみに遭ったことも忘れてはなるまい。今日もなお、世界各地で起きている争乱の中で繰り返される悲劇は、決して他人事ではないのである。

「取るものもとりあえず船に乗って逃げて来て、島にさようならも言えなかった。できることならもう一度、故郷の島に戻って死にたかった」。女性の目頭に光るものが見えた。生まれ育った島を追われた、故郷を戦争で奪われた悲しみが癒えることはない。

しかし、かといって島を返してという声は聞かれなかった。「自分の住んでいるところをとられたと言っても、元は日露戦争で日本が獲った島だから仕方ない。北方領土の色丹なんかもいまだに帰って来ないんだから、海馬島なんて遠い夢だ」。男性の苦笑いに憂いが漂った。

敗戦により樺太にいた約四十万人の日本人も、約千百人はいたといわれるアイヌの人たちも、ほとんどが本土に引き揚げた。一方、主に炭鉱労働者として樺太にいた数万人規模の朝鮮半島出身の人たちは「日本人ではなくなった」との理由で多くが置き去りにされ、実態は不明のままだ。この問題を放置したままの「戦後」に終止符はない。

今回得られた証言は、日本領時代の終わりの方にかろうじて記憶が残る人たちに限られ、島にやってきた初代の人たちの移住の動機や当時の状況などはわずかな記録資料でしか分からない。当初はアイヌの人たちとのやりとりもあっただろうし、アイヌの人たちからみた海馬島史、樺太史というのも今後は課題となるだろう。そしてアイヌの人たちよりもっと古い時代に海馬島で活動した人たちにも目を向けていきたい。

おわりに

海馬島《かいばとう》、と初めて聞いたとき、聞き覚えがあるような気がしたのは恐らく、脳内にある「海馬」を想起したからだろう。なんでも海馬は記憶に深くかかわり、新しい記憶は海馬に、古い記憶は大脳皮質にファイル保存されるのだという。

樺太《からふと》の海馬島とは何の縁もない話だが、樺太から奇跡的に生還して今は岐阜市で穏やかに暮らす高橋フサ子さんという女性に出会い、初めて海馬島の存在を知った。

北海道北端の宗谷岬《そうや》からさらに一〇〇キロの洋上にある、岐阜からは一四〇〇キロの距離を逆に南に行けば沖縄島に達するほどに遥かな島だ。「対馬《つしま》海流に抱かれた、平和で海の幸豊かな花の島」と聞いて心ひかれた。先年、対馬を訪ねた際に朝鮮半島を間近に見て日本列島と大陸とのつながりに関心を深めたところだが、北の辺境の樺太もやはり大陸との架け橋であり、海馬島は樺太と本土との中継点にある。それからずっと、海馬島のことや元島民の方々の思い出話、戦争体験談にもっと触れたいと願ってきた。

新聞記者は現場に行くのが鉄則だが、海馬島は元島民の記憶の中にしか存在しない。可能な限り多くの元島民に会って話を聞くことこそ、現場に行き、現場で考えることになると思って、新聞社を退いた後も証言者探しに力を注いだ。

すでに解散して十年余りになる元島民の親睦会「海馬島会」の関係者にも協力をいただき、古い資料を基に、会員だった人ですでに連絡が付いている人や、他界されたことが分かっている人などを除いた百三十三人に「海馬島の思い出話を教えてください」と往復はがきで情報提供を求めた。

四十七通は宛て先不明で戻ってきたが、それまでまったく知り得なかった八人の当事者と七人の家族から返信があった。これに大きな力を得て、北海道在住の方々を中心に三十三人の元島民に取材し、このうち二十六人の証言を本書では取り上げた。

中にはすでに他界された二人の方、福原実さんと若松吉雄さんが、奇しくも不治の病で余命いくばくもないことを知ったとき、子どもや孫たちに故郷の島がどんなだったかを伝えるためにそれぞれ描き残していた大切なスケッチ画や日記など、遺族の了解を得て掲載したものもある。今は記憶が薄れゆく母が元気なころに語った思い出を家族が書き留めていたメモもある。直接、お会いできない人も、家族を通して電話や手紙で教えていただいた。

もう少し早く着手していれば、もっと多くの人の確かな話が聞けただろうし、あいまいな部分の問い直しなどもできただろうが、距離と時間の壁に苦しみ、〝いのちの砂時計〟をにらみながらの取材が続いた。

「もう要らないから」と、何度もページを繰って懐かしんだだろう使用感のある写真文集『遥かなる海馬島』や、海馬島各集落の家並みを何人かの記憶を頼りに描きだした略図、総会の記念写真などを掲載した『海馬島会二十五周年記念誌』、戦後初めての里帰りとなった『47年ぶりの海馬島』のビデオ、『嗚呼 海馬島』のレコードなど貴重な資料も提供していただいた。多くの方々のご協力と励ましのおかげで本書をまとめることができ、感謝に耐えない。

歴史の真実にできる限り迫ろうと努めたが、力不足を痛感した。高齢者の記憶が頼みで、漠とした話も多く、裏付けも難しいことが多かった。身を置いた状況や体験もさまざまで、同じことでも見方やとらえ方が異なり、つじつまが合わないことも多々あった。しかし、現時点で得られた当事者の生の証言として、明らかに誤りと分かるもの以外はあえて修正せず、「語り部」の言葉を尊重して記録した。一部に差別語も出てきたが、当時の時代背景を映すものとしてそのまま記載した。また、文中、重複があったり、ソ連とロシア、元号と西暦などの表現が混在しているが、証言者の言い方を尊重した。表記の不統一で読み辛いとしたらどうかお許し願いたい。

当時の島の様子は、いくらか明らかになってきた。だが、そもそも村が成立したことを始め国策などの歴史的背景や、終戦までの村政、軍事、引き揚げの状況など、分からないことの方が多かった。

「当時、子どもだったので大人の事情はよく分からない」と語る人が多くいた。例え事情が分かっても、言えないことも、多くあったに違いない。

大変な目に遭ったということはだれにも共通認識だったが、なぜそんな目に遭わねばならなかったのかとか、当時、子どもだった戦争体験者が長じていま、胸に抱く戦争観、平和観などは、あまり聞けずじまいだった。しかし、それは本来、戦後を生きる私たちが学び取り、考えるべきことなのだろう。

取材は二〇一〇年に始まり、出版まで七年がかりとなった。この間も含めてこれまでに亡くなられたすべての元島民の方々に哀悼の意を表したい。

本書は、戦後七十年を経ても故郷・海馬島で過ごした人々の子ども時代の「消えない記憶」を一記者が集めたものだ。

一島全村、まるごと密航脱出という、ほかに例の無い運命を背負わされて、かつて日本の一部だった一つの村が消えた。それが忘れられ、無に帰してしまうのを恐れて、それがどんな村だったか、そこに何があったか、だれが、どのように暮らし、どんなふうに生き延び、今はどう振り返っているか、今は消えた一つの村まるごとの様子と人びとの「生きた証《あかし》」を記録した。

そのすべてが真実かどうかは分からないが、今後、日本領有時代の行政資料の発掘やロシア側の文献調査などによって新しい判断材料が得られ、いつか日本とロシアそれぞれの視点を踏まえた樺太史や海馬島に関する歴史書が編さんされれば、歴史的に検証されよう。

取材を通じて多くのことを学ぶことができた。国境とは何か、故郷とは何かを考える契機ともなり、筆者にとっても「宝の島」となった。本書を機に、樺太の歴史や海馬島に少しでも社会的関心が高まり、後世の社会と人々のために役立つことを心より願っている。

今回、取材から執筆、上梓までに多くの方々のご協力と家族の支援を得た。

イーゴリ・サマーリン氏（ロシア・サハリン州博物館）、堀繁久氏（北海道博物館）、三引良一氏、船迫吉江氏には貴重な写真、図版を快く提供していただいた。このほか、特にお世話になった方々を別掲し、あらためて謝意を表したい。末筆ながら、まつお出版の松尾一氏には、助言や協力をいただいた。厚くお礼を申し上げます。

二〇一六年 盛夏　　永井 豪

ター, 1999)

2000-｜

『引揚援護の記録』(引揚援護庁[原]編, 厚生省編, クレス出版, 2000)
「五十嵐億太郎海馬島関係資料」(中村正光ほか『留萌市海のふるさと館紀要第11号』, 2000)
「樺太年鑑1-8」(樺太敷香時報社『植民地年鑑』日本図書センター, 2000-2001)
『日本被害地震総覧』(宇佐美龍夫, 東京大学出版会, 2003)
『極東の鳥類18 千島・サハリン特集』(極東鳥類研究会, 2001)
「オホーツク海沿岸の海獣狩猟――近代を中心に」(宇仁義和『北太平洋の先住民交易と工芸』大塚和義編, 思文閣出版, 2003)
『サハリン島占領日記1853-54――ロシア人の見た日本人とアイヌ』(ニコライ・ブッセ, 秋月俊幸訳, 東洋文庫, 平凡社, 2003)
『日露領土紛争の根源』(長瀬隆, 草思社, 2003)
『遥かなる海馬島』(小林與一郎, 2004)
『国境の植民地・樺太』(三木理史, 塙書房, 2006)
「日露戦争前後の海馬島(モネロン島)」(山田伸一『北方の資源をめぐる先住者と移住の近現代史:2005-2007年度調査報告』北海道開拓記念館編, 2008)
「喜びも悲しみも幾星霜」(黒澤強『ふるさとの自然No81』北方自然保護研究所, 2008)
「武川久兵衛家文書の紹介」(平塚剛『岐阜県歴史資料館報第32号』, 2009)
『海馬島会二十五周年記念誌』(海馬島会, 新井田健一編, 2009)
『母さん見えますか』(永島久美子, 文芸社, 2009)
『利尻町史通史編』(利尻町史編纂委員会編, 利尻町, 2010)
『利尻の語り――先人たちの聞き語りで綴るもうひとつの島の歴史』(西谷榮治, 2010)
「樺太(海馬島)引揚げと小樽」(大木言葉『小樽の都市民俗学』関西学院大学社会学部島村恭則ゼミブログ, 2010)
『五色の虹よ』(箕浦ヒナ子, 文芸社, 2010)
「艀」(森本光子『夕陽が丘第二集』恵須取第一小学校北海道同窓会編, 2011)
「『脱出』という引揚げの一方法」(木村由美『北海道・東北史研究第9号』, 2013)
『松浦武四郎コレクション』(静嘉堂編, 2013)
『わが懐郷の地 樺太「本斗町」』(佐藤芳雄, 2014)
『北方部隊の朝鮮人兵士』(北原道子, 現代企画室, 2014)
「アイヌ民族の歴史について」(桑原真人『學士會会報 No908』, 2014)
「海馬島WEB」
ほかに『樺太日日新聞』『北海道新聞』『樺連情報』『樺太時報』『官報』『理科年表』『戦後史大事典』など

「海馬島の話」(対馬秀緒『海員13(6)』全日本海員組合, 1961)
「樺太話」(三保喜左衛門談, 布施虎之助註『日本庶民生活史料集成第4巻』三一書房, 1969)
『北蝦夷図説』(間宮倫宗, 名著刊行会, 1970)
『北東方面陸軍作戦(2)千島・樺太・北海道の防衛』(防衛庁防衛研修所戦史室編, 朝雲新聞社, 1971)
『枝幸町史下巻』(枝幸町史編纂委員会編, 枝幸町, 1971)
『礼文町史』(礼文町役場企画室編, 礼文町, 1972)
「蝦夷拾遺」(佐藤玄六郎『北門叢書第1巻中』国書刊行会, 1972)
『樺太一九四五年夏』(金子俊男, 講談社, 1972)
『樺太終戦史』(樺太終戦史刊行委員会編, 全国樺太連盟, 1973)
『サハリン』(ジョン・J・ステファン, 安川一夫訳, 原書房, 1973)
『新北海道史第6巻』(北海道編, 北海道, 1977)
『シーボルト「日本」第1巻』(シーボルト, 中井晶夫訳, 雄松堂書店, 1977)
『シーボルト「日本」図録第1巻』(シーボルト, 中井晶夫訳, 雄松堂書店, 1978)
『樺太沿革・行政史』(全国樺太連盟編, 全国樺太連盟, 1978)
『稚内百年史』(稚内市百年史編纂委員会編, 稚内市, 1978)
『望郷樺太』(望郷樺太編纂委員会編, 国書刊行会, 1979)
『樺太庁施政三十年史』上下(樺太庁, 原書房, 1974, 1981)
『開拓編 海馬島』(小林與一郎, 1982)
『新留辺蘂町史』(留辺蘂町史編さん委員会編, 留辺蘂町, 1985)
『懐郷本斗町の憶出』(東京本斗会, 1987)
『ラペルーズ世界周航記――日本近海編』(ラペルーズ, 小林忠雄訳, 白水社, 1988)
「海馬島回想」(澤孝『鈴谷第6号』北海道豊原会, 1988)
『敗戦の記録』(参謀本部所蔵, 原書房, 1989)
『樺太防衛の思い出』(鈴木康生, 1989)
『サハリン南部の遺跡』(新岡武彦ほか, 北海道出版企画センター, 1990)
「決死の海馬島脱出」(鳴海義明『ひろち第30周年記念誌』樺太広地会, 1990)
「資料紹介 北海道庁広報に掲載された『行旅病人死亡周知方に関する件』利尻島沓形海岸に漂着した樺太引揚げ船犠牲者と思われることについて」(西谷榮治『利尻郷土研究第5号』利尻郷土史研究会編, 1991)
「海馬島の人たちとその後」(高田聰子『鈴谷第9号』北海道豊原会, 1991)
『蝦夷地・樺太巡見日誌 入北記』(玉蟲左太夫, 北海道出版企画センター, 1992)
『南樺太』(西村いわお, 高速出版, 1994)
『樺太年表』(全国樺太連盟, 1995)
『利尻富士町史』(利尻富士町史編纂委員会編, 利尻富士町, 1998)
『稚内市史第2巻』(稚内市編さん委員会編, 稚内市, 1999)
『再蝦夷日誌巻之拾一』(松浦竹四郎, 校訂蝦夷日誌2編, 北海道出版企画セン

● 主な参考文献

-1945｜

「征露図会」(『風俗画報臨時増刊321』東陽堂, 1905)
『樺太探検記』(松川木公, 博文館, 1909)
『北門行脚誌』(山田毅一, 警眼社, 1911)
『北門の宝庫 樺太移住案内』(室町康, 愛国主義社, 1913)
「海馬島問題」(『皮革世界第9年12』皮革世界社, 1915)
「海馬島に於て狸養殖」(『中央獣医会雑誌29(7)』中央獣医会, 1916)
「海馬島産海馬銛」(松本彦七郎『人類学雑誌34(2)』東京人類学会, 1919)
「海馬島雑録」(櫻井愛人『教育画報10』同文館, 1920)
「海馬島の蝶類」(玉置光一『ゼフィルス2(1)』蝶類同好会, 1930)
『北海道樺太産哺乳動物』(川内國雄編, 富貴書房, 1930)
「海馬島実記」(五十嵐億太郎『留萌港大観』, 1925, 1933)
『北蝦夷秘聞・樺太アイヌの足跡』(能仲文夫, 北進堂書店, 1933)
「超短波無線の実験と本斗海馬島間臨時通信施設」(青木生『GS NEWS第8巻第11号』樺太庁通信課, 1934)
『天然記念物調査報告書――海馬島特殊植物群落地帯』(樺太庁, 1936)
『樺太写真帖』(樺太写真帖発行所編, 樺太写真帖発行所, 1936)
『樺太旅情』(鳥居義太郎, 樺太文化研究会, 1938)
『樺太庁博物館報告第3巻第3号』(樺太庁博物館, 1939)
「海馬島片々」(森本忠夫『樺太時報第27号』, 1939)
「海馬島」(三木露風『三田文学14(3)』三田文学会, 1939)
「露兵海馬島を襲撃す」(中居照治郎『樺太12(8)』樺太社, 1940)
「海馬島の景勝と善知鳥と狐狸の話」(中居照治郎『樺太時報第40号』, 1940)
『樺太庁統計書』(樺太庁, 1941)
『樺太山系』(菊池正, 詩と歌謡の社, 1944)

1945-2000｜

『嘘の行方』(三宅正太郎, 養徳社, 1948)
『函館引揚援護局史』(函館援護局, 1950)
『日本外交文書第37, 38巻別冊3』(外務省編, 1959)

		7 公式引き揚げ終了(26万余人引き揚げ、海馬村からはゼロ) この年、ロシアの植物、地理学者が海馬島調査
1951	昭和26	**9.8** サンフランシスコ平和条約調印、日本は南樺太の領有権放棄
1956	昭和31	日ソ共同宣言調印(日ソ国交回復)
1957	昭和32	**8.1** サハリンからの集団引き揚げ、後期始まる(1961年まで3年間で769人移送)
1965	昭和40	国主催でサハリン地域墓参開始(翌年から2004年まで)
1971	昭和46	**9.6** モネロン島(海馬島)沖地震(M6.9)、稚内で震度3、利尻、礼文でも弱い津波、サハリン西岸2メートルの津波
1974	昭和49	樺太海馬島会、札幌市で設立総会。会長山岸義昭
1980	昭和55	**7** 宗谷岬に間宮林蔵生誕200年を記念し立像建立
1983	昭和58	**9.1** 大韓航空機がソ連戦闘機に撃墜され、モネロン島沖に墜落、乗客乗員269人全員死亡
1984	昭和59	**6** 「嗚呼 海馬島」「宗谷の海に星が降る」レコード化
1991	平成3	**8** 八戸港所属イカ釣り漁船、海馬島沖でソ連艦船に連行される **12** ソ連崩壊、ロシア連邦誕生 この年、ロシア研究者が続縄文文化の8遺跡を海馬島で発掘
1992	平成4	**1** 北海道庁別館に樺太関係資料展示室を設置 **8** 海馬島の元島民が墓参で戦後初めて里帰り
1994	平成6	ロシアの考古学調査報告書『モネロン』創刊
1997	平成9	サハリン州立海洋公園「モネロン島」創設 **5.14** アイヌ文化振興法成立、北海道旧土人保護法廃止
1998	平成10	**7** 海馬島へ元島民ら2回目の墓参の旅 北海道とサハリン州「友好・経済協力に関する提携」調印
2001	平成13	日本政府がユジノサハリンスク(豊原)に総領事館設置
2004	平成16	**8** 北海道庁旧本庁舎(赤れんが庁舎)に樺太関係展示室を移転し、樺太関係資料館と改称 この年、樺太海馬島会、第30回総会をもって解散
2007	平成19	宗谷岬に宗谷海峡発見220年を記念しラペルーズ顕彰記念碑建立
2008	平成20	**6.6** アイヌを先住民族と国会決議
2009	平成21	**6** 日露初のトド調査開始、海馬島で新生獣20頭生息
2010	平成22	日露トド調査2年目、海馬島で新生獣5頭、繁殖を初確認
2015	平成27	**8.15** サハリン州スミルヌイフ(気屯)で日露共同の樺太・千島戦没者慰霊祭

1943	昭和18	4　樺太は完全に内地行政組織となる
		11　樺太防備隊として陸軍第30警備隊、豊原に新設
		このころ海馬島に陸軍特設警備隊第308中隊
1944	昭和19	3　海軍が宗谷防備隊を新編
		4　村長青山豊(後、高木政雄)、村議山﨑弥作、二見寅吉、嶋田定一、若松島三、小野光一郎、河端清一、喜多清吉
1945	昭和20	2　陸軍樺太混成旅団を第八十八師団に編成替え
		4月現在、第一国民学校(鴎沢)3学級105人(尋常科77人、高等科28人)、第二国民学校(泊皿)2学級52人(尋常科35人、高等科17人)
		春　久々に海馬島にニシン群来
		8.6　米軍、広島に原爆投下
		8.8　ソ連が対日宣戦布告
		8.9　ソ連軍が南樺太、満州、北朝鮮に侵攻
		米軍、長崎に原爆投下
		8.13　樺太庁が緊急疎開開始(23日まで)
		8.15　戦争終結の玉音放送
		8.16　陸軍第5方面軍(旭川)が南樺太死守を命令
		8.18　大本営、全日本軍に停戦命令
		8.20　ソ連軍が真岡上陸、電話交換手の女性9人が集団自決
		第5方面軍、一切の戦闘防止と武器引き渡し命令
		8.22　ソ連軍が豊原空襲
		この日、日ソ停戦協定で樺太はソ連軍が接収。緊急疎開船小笠原丸、第二号新興丸、泰東丸が留萌沖で襲撃受け沈没、撃破され約1700人死亡(後にソ連潜水艦による攻撃と分かる)
		8.23　ソ連軍、豊原進駐。宗谷海峡を閉鎖、航行禁止令
		日本海軍復員開始
		8.24　ソ連軍が本斗、大泊に上陸、豊原陥落
		8.25　ソ連軍が南樺太全土を占領
		8.28　樺太全日本軍の武装解除終わる
		9.2　米艦ミズーリ号上で降伏文書調印、第二次世界大戦終結
		9.5　このころソ連兵、海馬島に上陸、占領
		11.14　このころ泊皿集落の住民らが北海道へ集団脱出
1946	昭和21	2.20　ソ連が千島・樺太領有宣言
		12.5　樺太地区公式引き揚げ第一次開始、真岡から函館へ
		(9日に米ソ、正式にソ連地域引き揚げ協定締結)
1948	昭和23	4.23　全国樺太連盟創立
1949	昭和24	6.1　樺太庁廃止、海馬村も廃止

1929	昭和4	海馬島が禁猟区となり、狐を放牧
1930	昭和5	12月末現在の海馬島人口は137戸、689人
1932	昭和7	このころ、村長葛岡丑吾(昭和15年ごろまで)
1933	昭和8	海馬島水産株式会社、資本金50万円で東京日本橋に設立
1934	昭和9	統計による海馬島入港汽船は176隻。638人上陸、568人乗船。移輸出2万3千円、移輸入6万1千円
1935	昭和10	このころ樺太庁が海馬島観光開発推進で遊歩道を整備 **5**　樺太庁博物館が『樺太庁博物館報告──海馬島に飛来する鳥類とウトウの繁殖について、等』発刊 **7**　海馬村国勢調査員に小野光一郎、橋本忠雄、布目金太郎、南山鱗次の4人を任命
1936	昭和11	**6.19**　利尻島、北海道とともに海馬島でも金環日食観測 **11**　樺太庁が『天然記念物調査報告書──海馬島特殊植物群落地帯』発刊 12月末現在の海馬島人口は134戸、744人
1937	昭和12	**8.5**　この年最高気温26.5度 **10**　海馬村銃後後援会設立、会長は葛岡丑吾村長、海馬村国防婦人会は桜庭イク分会長、会員数75人 **12.27**　この年最低気温　氷点下16.5度 12月末現在の海馬島人口は131戸、747人
1938	昭和13	**1.22·26**　樺太本島で珍しい極光(オーロラ)出現を観測 **4.1**　国家総動員法公布 このころ樺太庁が補助して運航を義務付けた命令航路で本斗──海馬島を毎月8-9回運航、使用船は第一暁丸、第五暁丸
1939	昭和14	**5** 樺太庁博物館が、海馬島に渡来する鳥類などに関する報告 この年、陸軍が樺太混成旅団を編成 「樺太八景」に海馬島が海豹島などとともに選定される
1940	昭和15	**8.2**　積丹半島沖地震(M7.5)、利尻島などで津波 **10.1**　国勢調査　樺太の人口約41万5千人 12月末現在の海馬島人口は134戸、738人 このころ、海馬島の特殊植物群落が天然記念物に指定される
1941	昭和16	**4.1**　海馬村が指定外から二級村に昇格(青山豊村長、人口751人) 小学校を国民学校と改称 **4.13**　日ソ中立条約調印 **12.8**　太平洋戦争始まる このころ村長池田精七郎
1942	昭和17	**11** 拓務省廃止(大東亜省設置)に伴い樺太庁は内務省所管に

		10　樺太アイヌ841人を宗谷などに強制移住
1876	明治9	6　樺太アイヌ、北海道宗谷から石狩の対雁《ついしかり》に強制移住(79-87年、コレラなどで400人死亡)
1895	明治28	チェーホフ『サハリン島』出版
1899	明治32	4.1　北海道旧土人保護法公布
1904	明治37	2.10　日露戦争始まる
		4　留萌の資産家五十嵐億太郎が仲間50人と海馬島に上陸
1905	明治38	6.28　海馬島事件でロシア兵2人、日本民間人1人死亡
		9.5　ポーツマス日露講和条約調印、北緯50度以南の南樺太が日本領に。
1907	明治40	4 民政署を大泊から豊原に移転、民政に移行し樺太庁が発足、海馬島に真岡支庁海馬島出張所開設(翌年7月に廃止)
		海馬島に警察署、郵便局舎できる
		この年、久春内——名寄——真岡——海馬島間に電信海底ケーブル敷設
1908	明治41	海馬島に定期船就航
1909	明治42	海馬島役場庁舎できる
1910	明治43	海馬島第一小学校、第二小学校と診療所できる
1911	明治44	海馬島宇須に貨物運送や郵便を取り継ぐ駅逓設置
		10　海馬島郵便局に簡易気象観測所設置
1912	明治45	2.11　真岡から来航の商船馬山丸、海馬島沖で座礁
1913	大正2	海馬島で五十嵐丸が就航
1914	大正3	海馬島灯台初点灯
1915	大正4	行政区画として海馬村発足
		『海馬島植物誌』発刊(トドシマゲンゲなど21科報告)
1917	大正6	ロシア帝国で革命、ソビエト連邦誕生
1918	大正7	シベリア出兵、日本は北樺太へも侵攻
1920	大正9	3-5　尼港事件(アムール川河口の町、尼港に進出していた日本人居留民約700人がロシア革命勢力により殺害される)
		5　日本陸軍が北樺太を暫定的に保障占領、日ソ基本条約締結まで5年間にわたり軍政下に置く
1921	大正10	中島港(海馬島港)の船入澗改修工事に着手(昭和5年に完工)
1922	大正11	樺太町村制公布、海馬村は従前のまま。人口は160戸、762人
1923	大正12	稚泊連絡船就航、海馬島の漁獲量1万5千石と古記録に
1925	大正14	1　日ソ基本条約締結、日本は石油利権を獲得(5月までに北樺太から総員引き揚げ)
		8　摂政宮時代の昭和天皇が樺太行啓、海馬島沖の五十浦湾に仮泊

●樺太・海馬島 関連略年表

1613	慶長18	蝦夷松前藩2代松前公広、樺太に家臣を送り、地図作成図る
1635	寛永12	松前藩士村上広儀、藩命で島を巡り蝦夷、千島の地図を作成。樺太、千島が描かれたのは現存する地図で初めてで、海馬島も「イショコタン」として登場（1644年、『正保国絵図』として幕府に献上される）
1685	貞享2	松前藩、宗谷に商場設置、樺太アイヌと交易
1700	元禄13	松前藩が幕府に献上した「松前島郷帳」を収めた『元禄国絵図』も樺太を「からふと嶋」、海馬島を「いしょこたん」と記載
1785	天明5	この年から翌年にかけ最上徳内ら幕命で北蝦夷を探検、「トド島（海馬島）あり」と書き留める
1787	天明7	**8.3** フランス軍人ラペルーズ、海馬島を見て、「モネロン島」と命名。カラフトとサハリンが同一であることも確認
1790	寛政2	樺太西海岸南部の白主に松前藩が「商場」開設
1792	寛政4	幕府2回目の樺太調査、最上徳内ら参加 ラクスマンがエカテリーナII世の命で、大黒屋光太夫を連れて根室へ
1799	寛政11	幕府、蝦夷地を直轄地にする（文化4年まで）
1808	文化5	**4.13** 松田伝十郎、間宮林蔵ら幕府の命で樺太を探検
1809	文化6	**5** 間宮林蔵、間宮海峡を船で通り抜け、樺太が島だと確認 **6** 幕府が樺太を北蝦夷と公称
1846	弘化3	松浦武四郎、樺太南部調査
1848	嘉永元	**5** 米捕鯨船ラゴダ号乗組員15人が松前付近にボートで上陸 **6** 米捕鯨船乗組員マクドナルド、漂流を装い利尻島に上陸
1855	安政2	**2.7** 日露和親条約（下田条約）で樺太を日露共同領有と定める
1856	安政3	松浦武四郎、2回目の樺太南部調査
1861	文久元	ロシア軍艦ポサドニック号が対馬に侵入事件起こす
1867	慶応3	樺太島仮規則調印、樺太は日露雑居地とする
1869	明治2	松浦武四郎の意見で蝦夷地を北海道、北蝦夷を樺太と改称
1871	明治4	目加多守蔭の「北海道歴検図」に「海馬島」と表記。以降『海馬島』が日本名となる 戸籍法公布　アイヌ民族を日本国民に編入
1875	明治8	**5.7** 樺太千島交換条約で樺太はロシア領、流刑地となる

● 写真・図版提供者／協力者一覧 ※敬称略

図版の出典｜

カバー表：松浦武四郎「実験北蝦夷／山川地理取調図 一」（部分, 函館市中央図書館蔵）／カバー裏：船迫吉江（日本植物画倶楽部）「トドシマゲンゲ」／P.4：「海馬島 樺太本斗支庁本斗郡」：大日本帝国陸地測量部五万分一地形図（内幌15号, 1932, 部分）／P.11：武川久兵衛家文書「アイヌ木綿衣」（岐阜県歴史資料館蔵）／P.15：「大正期、タラ干し風景」, P.22：「海馬浜でトドを捕獲したアイヌ」, P.25：「五十嵐漁業の艀」, P.39：「ニシン網起こし」, P.46：「泊皿の五十嵐漁場」：写真集『五十嵐漁業合資会社』（留萌市立図書館蔵）／P.20：松本彦七郎「海馬島産海馬銛」（『人類学雑誌』34（2）, 1919）／P.161：「海馬島灯台」：『樺太庁施政三十年史』

図版の提供者（50音順）｜

イーゴリ・サマーリン：口絵P.8下, P.17, 28, 33, 53, 59, 69, 92, 158, 173（海軍の監視点）／石岡冨美枝：P.106, 107／木村はるみ：P.95／金義郎：口絵P.1, P.195／佐藤和夫：P.74／嶋田富士子：P.103, 104, 177／清水洋紅：P.35（中島港付近）, 149, 150／西原澪子：P.163／福原実：口絵P.4, P.134, 135／堀繁久：口絵P.8上, P.41, 45, 157, 180／箕浦幸恵：P.143／三引良一：口絵P.6, 7, P.128, 129, 130／山岸芳美：P.30, 199（烏帽子岩）／山﨑照弥：P.81, 83／若松慶子：P.119／若松吉雄：口絵P.5, P.6（西の海から見た海馬島）, 42／ほかは筆者撮影

取材協力者（50音順）｜

石岡冨美枝, 石原誠（サッポロ堂）, 岩田すみ子, 加藤貞子, 加藤政子, 北見克弥, 北見三恵子, 木村由美（札幌市公文書館）, 金義郎, 葛岡哲雄, 黒川日出海, 今綾子, 近野吉晴, 作山葉子, 佐藤万, 佐藤芳雄, 高橋彰, 高山理恵, 俵静夫, 簗田義秋, 辻力（全国樺太連盟）, 中村規美子, 中山良一, 西谷榮治, 福士廣志（留萌市教委）, 堀内進, 本間トシ, 前田のり子, 松岡修, 松岡みよ子, 箕浦幸恵, 本吉常雄, 山崎豊, 山岸芳美, 山﨑照弥, 山名俊介, 山本命（松浦武四郎記念館）, 山本良子, 吉野しげ子, 若松茂伸, 若松俊一, 全国樺太連盟本部事務局, 北海道立図書館

デザイン協力｜

永井藍子

永井 豪（ながい・たけし）

1951年、岐阜県生まれ。

元岐阜新聞編集委員・論説委員。

著書に『恵那山と生きる』。ほかに岐阜新聞社出版局企画・編集『遥かなる道――松野幸奉とその時代』、岐阜新聞社編著『緑の時代 山は語る』『ぎふ海紀行』、岐阜新聞「ぎふ海流取材班」編著『ぎふ海流』（第26回農業ジャーナリスト賞）などに携わる。発行はいずれも岐阜新聞社。現在、中京テレビ放送岐阜支局記者。

海馬島脱出《かいばとうだっしゅつ》

2016年11月1日　第1刷

著　者　永井　豪
発行者　松尾　一
発行所　まつお出版
郵便番号 500-8415
岐阜市加納中広江町68横山ビル
電話 058-274-9479
郵便振替　00880-7-114873

印　刷　ニホン美術印刷株式会社

※ 価格はカバーに表示してあります。
※ 落丁本、乱丁本はお取り替えします。

ISBN978-4-944168-45-3　C0021